桂花飘香

邹克斯 著

北方文艺出版社

·哈尔滨·

图书在版编目（ＣＩＰ）数据

桂花飘香 / 邹克斯著 . —— 哈尔滨：北方文艺出版
社，2024.1
ISBN 978-7-5317-6053-5

Ⅰ.①桂… Ⅱ.①邹… Ⅲ.①中篇小说 – 小说集 – 中
国 – 当代 Ⅳ.①I247.5

中国国家版本馆 CIP 数据核字 (2023) 第 180860 号

桂　花　飘　香
GUI HUA PIAO XIANG

作　　者 / 邹克斯

责任编辑 / 滕　蕾　　　　　　　装帧设计 / 树上微出版

出版发行 / 北方文艺出版社　　　　邮　　编 / 150008
发行电话 / (0451) 86825533　　　经　　销 / 新华书店
地　　址 / 哈尔滨市南岗区宣庆小区 1 号楼　网　　址 / www.bfwy.com

印　　刷 / 武汉市卓源印务有限公司　开　　本 / 880×1230　1/32
字　　数 / 74 千　　　　　　　　　印　　张 / 5.5
版　　次 / 2024 年 1 月第 1 版　　　印　　次 / 2024 年 1 月第 1 次印刷

书　　号 / ISBN 978-7-5317-6053-5　定　　价 / 68.00 元

自/序

这是我第一次尝试写作中篇小说。

小说《桂花飘香》按时间顺序，以逐渐推进人物发展的方式，叙述了一个叫桂花的女孩，7岁时，跟随父亲从华盛蓝焰油田公司，回到老家读书学习；青春年少时，辞职下海，从家乡到燕都创业，后来又从燕都返回老家裕湘建宁地区发展的故事。创业发展成功后，她竭尽全力扶贫、助学，为家乡做贡献，先后荣获"杰出创业女性""爱心企业家""十佳企业家贤内助""中国杰出经理人"等称号，逐渐成为著名企业家、慈善家、社会活动家。该小说揭示了她逐渐成熟、逐渐强大的过程和成功的原因。也许看了这本小说，能使人感悟到一个人生道理："只要自幼有美好情怀，为人友善、诚信、坚韧、勤学，每一个人都可以大有作为，为国家、为社会做出贡献。

无论是男人，还是女人！"

小说是反映生活的，所以要写小说，首先必须把生活看明白、看懂，然后把它表现出来。

人是生活的主角，要写好小说，就必得写好小说中的人物，写好人物的性格特征，写好人物的故事。这样写出来的小说，才会给人深刻的印象。

我的感受是：小说是文学类别的一种。一个向往写小说的人，不能只读小说。从学生时代起，在读各种优秀小说的同时，还要多阅读诗词、戏剧、散文、随笔等文学作品，这是进行小说创作的专业文化内涵；要刻苦钻研语言、文字、语法、修辞，这是进行小说创作的基本知识；要用心钻研音韵、平仄、对仗、起承转合等技巧；下狠功夫钻研各种写作方法，如描写、叙述等，包括描写中的白描、细描、正面描写和侧面描写，等等，这是进行小说创作必须有的基本技能。

向往写小说的人还必须广泛学习历史、哲学、政治、经济、社会学、心理学、逻辑学等知识，这些知识可以为写小说服务。

小说的素材，来源于生活，并高于生活。

写小说允许将多人的素材集中到一个人身上。

我的小说是对生活的颂扬，也是对未来的期盼。我的小说素材的真实性是完全可靠的。当今流传一种文学体裁，叫纪实文学，也许我的这部小说可以叫纪实文学。

以上所说，谨供参考。

邹克斯

2022 年 12 月 30 日

目/录

第一章　回乡

1977 年冬天，一个星期六的上午，大雪纷飞。裕湘攸州仙姑岭火车站，周围满地积雪，十分寒冷，人迹稀少。一辆从星城开来的火车停下来后，从出站口走出一个快 40 岁的汉子，胡子拉碴，满脸疲惫。他左手搀扶着病弱的老伴，身上背着一个沉重的大行包，右手拉着牵着手的、依次从低到高的四个女娃娃向我走来。他就是我的大堂兄赵树荣！看着那情景，我深深感到我这位堂兄真是个有担当的父亲、真是个辛苦的父亲！

　　堂兄 1939 年出生，初小文化，1958 年参军在福建前线服役，退伍后在华盛蓝焰油田公司工作。从我上高中起，他与我经常有联系。他常写信给我，要我珍惜当今的幸福生活，好好学习，争取将来为祖国做贡献。如今他从排长职务上调回家乡，我太高兴了。昨天我接到他从星城火车站左侧的邮电局打来的长途电话，便特意从瓷城洪山中学赶来接他们一家人回老家。

　　我把堂兄树荣全家六人送到家里后，一些赵氏亲属帮着伯父伯母做饭菜给他们吃。不少乡亲来看望他们，嘘寒问暖。看着一家人团聚的情景，伯父伯母喜出望外！

　　晚上客人们都告辞回家了，孩子们都入睡了，伯父伯母也歇息了，说有话明天再与我们聊。夜静悄悄的，无人干扰。我与堂兄树荣在老家赵氏土砖房里促膝长谈。

　　我对堂兄说："我父亲宗季对我说过，我们爷爷赵未央出生在一个贫苦农民家庭，没上过一天学，是一个完完全全的文盲。幼小随母下堂，从江西萍乡漂泊到瓷城清水江，再由瓷城清水江漂泊到攸州仙姑岭的。上无片瓦，下无寸土，最先是寄居在刘氏祠堂，即而今攸州二中的前身。最后才在仙姑岭的笔增荷叶塘，建起了这幢土砖房落户，立下了脚跟。由于常年劳累过度，爷爷 1944 年 3 月因病去世，享年只有 54 岁。自那以后我们赵氏家族逐渐衰落，处于最艰难时期。现在又处于最艰难时期，你弟弟惠荣的儿子，也就是你的侄子，不幸于前年遭遇车祸去世，你父母受到严重刺激，病情更严重。你弟弟惠荣年轻，扛不住灾难，精神也受到严重刺激，见家中这种状况，有些懒散。你家中一切都处于一种危机状态，需要一个顶梁柱来支撑。二伯宗仲早已去世，二伯母病危，二伯的长子祖德也病危，堂兄祖德的儿子龙勇年少，看着家中的情景精神郁闷，也快乐不起来。我父亲宗季在省公安厅系统搞基建，无法回老家照料家族中的事情。我在瓷城教书，工作量很大，教两个高中班的语文课，还要兼年级组长或教研组长。我和我父亲宗季工作单位都在外地，常年不在家乡。家家都有一本难念的经。

我的两个儿子还小，分别只有6岁、4岁，难得抽身回老家看看，对家族中的事情有心无力，起不了什么作用。

"你父母很思念你们一家，尤其想多看看四个小孙女。我有时回老家看望你父母时，你母亲老是拖着我的手，要我写信给你，希望你写报告给领导要求调回老家，以便他们身边有个得力的人照料，也好让他们老两口顺心地看护四个小孙女。

"你现在调回来了很好，可以专心照料你父母，也可以帮着操持家族的一些事情。"

堂兄树荣的性情很豪爽豁达。他告诉我，他的父母病重，他的妻子患糖尿病多年，四个女娃娃都还小。长期在华盛蓝焰油田公司工作也确实很难，很久以前他就向公司领导申请回家乡。公司就是因为考虑他父母病重，身边无人照料，才同意他调回家乡的。参军这些年，他很思念家乡，尤其是转到华盛蓝焰油田公司之后更想念家乡。

接着他郑重其事，严肃认真地对我说："老弟，你和你爸爸放心在外地好好工作吧，我现在重新享受着家乡的田园生活，一定尽到自己的责任，把家里和家族的事搞好！"

听了堂兄这一番话，我深深感觉我这位堂兄真是一个难得的孝顺仁义的好儿子、有担当的好儿子！

第二天上午我准备回瓷城洪山中学上班。堂兄树荣安稳地睡了一晚，精神饱满多了。他依依不舍地要求我多陪陪他，看看久违的老家。我陪着他牵着四个女娃娃，把赵氏家族的祖居土砖房里里外外看了个够，围着土砖房前那口荷叶塘逛了几圈，再登上土砖房南侧的山坡眺望了很久。昨天夜晚大雪已停，山野银装素裹，东方朝霞满天。我回学校前，堂兄笑容满面，自豪得意地对我说："老弟，我没生崽，只有四个女娃娃。现在大的梅花13岁、老二杏花10岁、老三桂花7岁、老四荷花4岁，个个精灵可爱。尤其是老三，争强好胜，但愿她们都有造化！"

我一听，特别专注地看了老三桂花一眼。多可爱的小姑娘呀！圆圆的脸盘，微红的肤色，大大的眼睛，眼珠忽闪忽闪的，浓浓的眉毛，长长的睫毛。我不禁喜爱地捧着她的小脸问："小桂花，你长大想干什么呀？"

没想到这个小姑娘说出一番很大人气的话语："终于回到老家啦，我好高兴！今后我要好好读书，长大后建设好老家，让爷爷奶奶和乡亲们都过上好日子！"

我一听格外惊喜，把这话深深地记在心底！

堂兄树荣接着说："现在我们夫妇调回老家了，以后我俩的工作单位很可能在县城。这四姐妹的年龄还小，我考虑暂时让她们在仙姑岭公社笔增大队的小学读书，可以多陪陪她们的爷爷奶奶。到她们要读中学时，再分别把她们接到县城一中去学习。"

第二天，当堂兄树荣牵着他的三朵金花，梅花、杏花、桂花，到大队笔增小学报到时，班级里小朋友亲热地和她们簇拥在一起。校长和老师们高兴地对这三朵金花说："好呀，三位华盛回来的小朋友！很高兴你们回到家乡学习，希望你们好好学习，长大后把家乡建设得更美好，报答乡亲们，好吗？"

当时梅花、杏花、桂花都很懂事地点头。据说顽皮的桂花点头最使劲！

梅花、杏花、桂花三姐妹在小学很用功，成绩都很不错。她们衣着简朴，言行有礼貌，乐于助人，心地善良。

四姐妹中荷花最小，当时只有 4 岁，不到上学年龄，就留在爷爷奶奶身边。梅花、杏花最勤劳，课余时间，照顾爷爷奶奶和小妹妹荷花。姐妹俩还养了不少鸡，使得长期病弱的爷爷奶奶经常有鸡蛋、鸡肉吃。

1980 年，小荷花 7 岁了，也上学了，表现也很不错。她主动地接替了两个姐姐养鸡的事。那时市场上已有鸡饲料出售。空闲时间，她经常将多余的鸡蛋带到仙姑岭集贸市场卖掉，再买回鸡饲料喂鸡。她把鸡喂得又大又肥，鸡蛋也下得多，吃都吃不完。

桂花的特点是自幼文思敏捷、感情丰富，善于表达。

她思念自己的出生地华盛，看了不少关于华盛的书籍，经常以自己是在华盛出生的女娃娃骄傲自豪。

1983 年，桂花 12 岁，小学快毕业了。那时她写了一篇很出色的作文，荣获大奖，被收录在《仙姑岭学区小学优秀作文》一书中。这篇作文的题目是《我爱华盛》，作文完成后，桂花还把它寄给了当年华盛邻居的叔叔阿姨们和小伙伴们，表达了对他们的思念。这篇作文《我爱华盛》，从儿童的视角，生动地描绘了华盛美好的景色。其中有这样一些感人的语句：

"裕湘与华盛有着深深的渊源。我的父母在华盛蓝焰油田公司奋斗了 20 年。我们四姐妹都出生在华盛，是裕湘人，也是华盛人，与华盛也有着深深的渊源。

"裕湘大地与华盛虽然南北相距上万里，但渊源深厚。裕湘人的血性，在华盛永远昂扬；华盛人的豪迈，在裕湘永放光彩！

"啊，华盛，我爱你！我在祖籍秀美裕湘，时时思念着我的出生地美好华盛，时时思念着在美好华盛的邻居叔叔阿姨们和小伙伴们！

"我一定好好学习，将来以最大能力报答我的出生地美好华盛！"

堂兄的岳父是靠近攸州城镇的一个大队党支部书记，对该县城乡的情况比较熟悉。为了便于身患严重糖尿病的堂嫂恺寅有个照料，便于堂嫂在县城医院看病治疗，他希望堂嫂的工作单位能安排在县城。后经堂兄的岳父牵线联系，堂兄被安排在县供销社担任了一个职务，堂嫂恺寅也被安排在县城纸盒厂工作。

在县城的工作安顿之后，堂兄堂嫂节假日经常回祖居老屋，看望和料理伯父伯母和他们四个女儿的事情，同时处理家族中的一些事情。后来伯父伯母的病情逐渐有些好转了，整个家族逐渐兴旺起来了。堂兄的弟弟惠荣当上了生产队的会计，精神振奋多了，人也勤快多了；二伯的孙子龙勇也当上了生产队的队长，对生活开始充满了自信。

后来龙勇还加入了中国共产党，成了一名光荣的共产党员。

那时，在外地工作的我和我父亲宗季，听到老家族中人们的这些情况，不知有多高兴！

作为一个长辈，我听闻堂兄树荣四朵金花的这些情况，更感到高兴。深信这四姐妹都是好苗子，会有造化、有出息，终将为她们的父母增光！

生命的规律难以抗拒。大伯宗孟和大伯母的病情，虽然有堂兄夫妇和他们四朵金花的悉心照料，倾心求医治疗，但并无好转。大伯母在20世纪70年代末去世了。大伯宗孟于20世纪80年代初去世了。自此堂兄树荣夫妇整个身心，全部倾注到他们四朵金花的健康成长和发展上去了。1987年，我和老伴一起调回星城工作。因为我在星城的父母也都体衰多病，家族中的事情有堂兄树荣两口子照料，而且我的工作也确实很忙，就没怎么回家乡了。但老家祖居荷叶塘的美好情景，我时时魂牵梦绕。

我常常梦见堂兄树荣的四个幼小女儿像雏鹰一

样在一天又一天地成长。有一天她们突然展翅飞翔，飞到很高很远的地方去了，飞得我看不见她们了。我很高兴，知道她们长大了，就要有作为了。

在一个美好天气，她们突然回到可爱的祖居荷叶塘来了。她们围绕祖居里里外外看了个够，围绕荷叶塘周边转了好几个圈，还舀着荷叶塘旁边的井水喝个不停。然后，这四姐妹登上祖居南侧山坡，观看老家荷叶塘周边的美好风光，无比高兴，欢呼雀跃。

又有一天，我梦见桂花四姐妹展翅高飞，而且是向西北方向飞，我急忙问她们："你们这是到哪里去？"她们告诉我："我们去华盛，看望那里的叔叔阿姨和小伙伴们！"后来桂花四姐妹华盛的小伙伴们也来看她们了。这些小伙伴团聚在一起，载歌载舞，一派热闹非凡的情景！

后来我梦见堂兄树荣四个已长大成人、事业有成、家庭幸福美满的女儿，专程回老家探视祖居荷叶塘。四姐妹在祖居南侧山坡顶上，看到周围一派大好情景，深深赞叹："我们这个时代太好了，我们这个国家太好了，我们太幸运了。爸爸妈妈、父老乡亲们，你们放心，我们一定会争气，为祖国争光！"

第二章 创业

斗转星移，日出日落。中华大地，日新月异。

堂兄树荣的四个女儿，先后成人，个个像雏鹰一样，展翅飞翔。尤其是桂花，飞得更矫健。

1982 年，桂花 13 岁，在老家笔增大队小学毕业后，到县城一中读书。

桂花很聪颖、活泼、口齿流利，是学校文艺宣传队的骨干、播音室的主播人、朗诵会的朗诵者。虽然才能很不错，但她并不张扬，不追求时尚，她的衣着打扮很简朴，对饭食要求也不高。2020 年

10月在接受记者采访时，她曾难忘地说："小时候家里条件不好，母亲体弱多病。外公外婆是老红军，经常要求我们四姐妹要体谅父母，生活不能要求过高。要心地善良，让好的家风代代传承。要感恩父母、孝敬父母，要尽最大能力，好好守护父母，让他们的晚年幸福、体面。我庆幸，从小明白要努力学习，长大才能有本事参与到社会主义建设中去，为父母、为所爱的人营造避风雨的屋檐，建造温暖幸福的港湾。我的爷爷奶奶也经常对我们四姐妹进行这种教育。"

1987年，18岁的桂花在县城一中高中毕业后，被招工在攸州灯泡厂当上了工人，不久担任了该厂的营销员。2018年1月桂花在接受记者采访时说："在攸州灯泡厂营销部门的工作，让我有经常出差见世面的机会，也间接影响了我最初的眼界。"

那时改革开放的春风吹拂着中华大地，人们欢欣鼓舞，创业的人不少。

桂花也跃跃欲试，想去创业，干一番事业。但是到哪儿去创业呢，干什么行业好呢？桂花思索了很久。

在桂花的同学和同事当中，有的在深圳承包土地种植蔬菜或果木发了财，有的在广东销售和维修电器发了家，有的在广州开服装或日杂店铺创业发展了。这些同学和同事都热忱地邀请桂花到他们那里，选择他们的项目创业发展。但桂花认为他们都是南下，在居住地从事经营性质的项目，并不适合她。她觉得自己的特性是擅于宣传，爱好开眼界的项目。她久久地在寻找适合她的天地和发展项目。

1989 年，20 岁青春年少的桂花，瞄上了向国外销售卫生筷子的项目。她觉得这个项目，有利于开阔眼界，于是利用南方有足够竹子的优势在建宁地区营销。由于刀具需要用进口的，以及当年经营管理能力跟不上，两年后她不得不停产了。

皇天不负有心人。1992 年 22 岁的桂花，为了开阔自己的眼界，为了提升自己的素养，奔赴燕都寻找生机。

堂兄树荣的大女儿梅花一直与丈夫在燕都城建集团工作。二女儿杏花学校毕业后，被分配在建宁市党校教材辅导室工作，并被评为教授。四女儿荷花高中毕业后从商，在燕都开了一个家用电器铺面，效益很不错。桂花经过认真慎重的思考，燕都是一线大城市，改革开放的春风更温暖，改革开放的信息更及时，一定能大开眼界，而且自己的大姐梅花和妹妹荷花都在燕都发展，她们一定能给自己亲切的关照，提供创业发展的经验体会。

2018 年 1 月，桂花在接受记者采访时，曾感触地回忆说："我在奔赴燕都前，已深深感悟到也许人生在给你迎头一棒时，总会给你留下一丝生机。我在建宁创业碰壁的事给我的感触是，创业一定要有足够的文化素养。以后选择的行业，一定是自己能够完全把控住的，并且是有旺盛生机的。"

进京后经梅花的介绍，桂花先在餐饮店做营业员和在招待所做服务员，后来承包招待所的管理项目，再后来做防水保温装修类的项目，2001 年正式涉足房地产行业。

桂花在燕都发展时，梅花介绍她与从建设兵团转业在燕都城建集团工作的甄胜利相识。两人一见钟情，不久结为伴侣，组成了美好的小家庭。两人以后生活和干事业一直情投意合，默契融洽！

桂花的丈夫甄胜利一直认为企业管理与营销，与政治、经济分不开。为了提升自己的文化素养，桂花听从丈夫甄胜利的建议，在燕都期间考入燕都金融学院函授部，先后攻读企业管理、政治经济学，顺利地拿到了两门本科学历。

可以想象，一个有家室，并且已有两个孩子的女人，先后攻读两门本科学历，需要有多大的韧性！

有时攻读到晚上12点，实在困了，桂花只好喝点咖啡提提神。第二天上班时仍要打起精神，和丈夫甄胜利一起到工地去监督管理。

在第一门本科学历拿下后，桂花实在不想攻读第二门本科学历了，有过迟缓几年再攻读的想法。倔强好胜的桂花，硬是把两门学科的学历拿到手了，但人消瘦了不少。有时病了，身体不舒服，她硬是咬咬牙挺过去了。

记得有一次堂兄树荣对我说："唉，老弟，我这个桂花，在燕都创业还是吃了不少苦的。起先她去燕都寻找出路时，我尽全力只给了她 400 元的经费，再也拿不出一点钱了。不知她在燕都会闯荡成个什么样子！"

桂花终于在燕都取得了一定成就。在繁荣、美丽的一线大城市生活自然是惬意的。但争强好胜的桂花也深深清醒地认识到，自己的能力、资源、资金毕竟有限，要在燕都这个美好广阔的天地发展自己的空间是有困难的。她时时思念着养育了她的老家，渴望回到老家去，在老家打开一片新天地，干一番事业。

2006 年 36 岁的桂花在燕都历练了 14 年后，怀着对湘水养育恩情的感激，怀着对故土的思念，偕同丈夫甄胜利从燕都返回建宁地区创业。凭着丈夫甄胜利的专业优势，她目光敏锐地瞄准了建宁市的房地产市场，大步进军房地产，创办流芳集团——"让经典流芳于未来"。

好强且饱含韧性，善于营销和宣传工作的桂花担任集团总裁，她的丈夫甄胜利为集团董事长。短短几年时间，桂花与丈夫一起冲锋陷阵，使裕湘流芳集团成长为一家以房地产开发为主，在园林建设、装修装饰、物业管理、咨询顾问，投资、商贸等领域多元化发展的大型公司。

2007 年恰逢房地产行业低谷，对于一家刚进入建宁的企业来说，犹如一场生死攸关的考验。但桂花凭着湘女特有的执着与毅力，带领着所有"流芳人"顶住巨大压力，把集团经营得风生水起、蒸蒸日上——闯了出来。作为集团的总裁，面对公司内外各项繁杂的事务，好强的她耐心地进行系统梳理。工作之余，桂花对集团员工给予十二分的关怀，除了细心关照大家，还会抽出时间开设住房建筑和营销培训班，亲自为员工授课。流芳皇城是桂花与丈夫甄胜利在建宁投资建设的第一个房地产项目。立项之初，桂花就暗暗发誓，一定要让建宁提前五年进入生态宜居的时代："哪怕不赚钱，也要让建宁父老乡亲住上真正有品质的住宅！"

桂花说，"企业是社会的一个组成部分，企业的发展与社会责任分不开"。她始终坚守此理，时刻鞭策自己按这个信条行事。

在流芳皇城的建造管理过程中，桂花夫妇更是将和谐融合、以人为本、以理服人、以诚动人作为信条执行。

桂花的付出没有白费，凝聚她全部心血与满满深情的流芳皇城项目不仅在建筑、景观、物业管理等方面为建宁楼市树立了标杆，成了裕湘首家 2A 品质楼盘，其巧妙利用地形高差打造半山豪宅的做法，更被中国建筑学会原副理事长、原建设部勘察设计司副司长窦以德等专家称为国内山地住宅开发的典范。

2012 年，流芳皇城收官之继，桂花夫妇又一次迈出坚实的步伐，扎根建宁栗雨中央商务区，以磅礴气势，打造国家级 3A 品质楼盘——66 万平方米世家福邸"流芳龙城"。

在桂花的领导下，流芳集团经过 3000 多天的艰苦奋斗，斩获近 100 项社会荣誉："建宁市十佳绿色楼盘""建宁市民最喜爱楼盘""建宁最宜居的楼盘""建宁市优质工程示范楼盘""建宁市综合品质示范楼盘""生态宜居创新小区""建宁市优秀物业管理小区""十佳平安小区"、中国房地产行业最高品质奖"广厦奖"等，集团下属公司先后获得"裕湘房地产品牌新锐企业""建宁房地产开发先进单位""建宁十大房企""建宁最具影响力企业""建宁楼市最佳口碑开发公司""建宁房地产企业诚信之星"等，同期创办的皇城物业公司也快速成长不断超越，高起点创立金钥匙服务模式，先后获得"建宁市先进物业服务企业""建宁市节水型示范单位""平安小区创建单位"等殊荣。在 2017 中国职业经理人交流大会暨 2017 年度中国优秀经理人颁奖盛典上，流芳集团荣获"中国最佳雇主"奖，桂花本人也荣获了"中国杰出经理人"称号。

2014 年的一个春天，我和堂兄树荣两个退休老人，一起来到桂花夫妇居住的处所建宁流芳皇城，观看他们正在热火朝天创办的上面这些项目。

这是个大晴天的上午，阳光和暖。桂花和她的丈夫甄胜利从工地上过来亲切地陪同我们观看。我和堂兄树荣在流芳皇城小区，目光晕眩地看到的是：重金完美打造的阅览角、视听室、棋牌室、桌球室、乒乓球室、培训室。桂花夫妇向我们讲述这些情景时，一脸幸福与自豪地说："每逢暑假周末，孩子们整齐地坐在桌前读书；业主们在这里打球健身；养身专家来这里给业主们开讲座课……"

出了流芳皇城小区，只见门口悬挂着一条巨大的红底白字的布横幅，上面写的是祝流芳皇城各位住户吉祥安康，福祉绵长！来到流芳龙城的建筑工地，只见也悬挂着一条巨大的红底白字布横幅，上面写的是打造建宁市民最喜爱楼盘！还有诸多关于安全生产的标语，如"安全为了生产，生产必须安全""生产再忙，安全不忘""质量在我手中，安全在我心中""忠诚敬业，公而忘私，执纪严明，关爱群众""争创全国文明典范城市，续写高质量发展新篇章"。这里的施工完全是绿色环保化，周围安装着自动喷水装置，整个工地没有一点扬尘。施工师傅们的身上也没有一点灰尘和泥水。桂花夫妇一边陪同我们观看，一边对施工情况认真地监管督促。

工地上施工的师傅们，精神饱满，穿的都是集团的工作服。整个工地虽然热火朝天，但不仅没有扬尘和泥土，还显得静悄悄的，令人惊讶。

在参观工地后，桂花夫妇陪同我们来到流芳皇城的售楼部吃午餐。售楼部的大厅大气宽阔，干净舒适。售楼部的那些女员工，和工地上的施工师傅一样，穿着统一的工作服，高雅大方。他们向桂花夫妇报告，流芳皇城的最后两套住房今天上午已售出，流芳皇城的住房今天的销售额最高，卖出去了12套！我们这两个退休老头儿一路看得兴致勃勃，流连忘返。

回到桂花夫妇在流芳皇城的房子后，我的这位堂兄树荣，一说到他这四个女儿、四朵金花的情景，就乐不可支地对我说：

"哈哈，老弟，怎么样，我的这四朵金花还算争气吧？桂花还算有硬气，有志气吧？"

我赞叹地说："真不错！一个建筑工地她能管理得这样井井有条，有条不紊，大开眼界！"

回家后我久久不能平静，感慨万千。创业

难，一个青春年少的女子创业更难，这要吃多少苦头啊！

雄鹰常常被人类喂养，用来捕获动物作为食物，它们是人类生存的忠诚助手和得力朋友。一个阳光灿烂的春天，一只像桂花一样的雏鹰，展翅在蓝天飞翔。由于太幼小，体力不支和经验不足，突然从高空掉落下来了。但不久，它就顽强地站立起来了，又勇猛地飞向蓝天。过了一些时日，那只像桂花一样的鹰，又展翅飞向蓝天，看着蓝天下的大好河山，激越地歌唱着，飞得更高更远，飞到谁也不知它飞到哪儿去了。不久它愉悦地飞回来了，落在地上，嘴里叼着一个大猎物。然后它把这个大猎物叼着送到什么地方去了。送哪儿去了呢？

像善良仁义的桂花一样的鹰，一定是把它送给最需要的人了。再然后，那只像桂花的鹰又展翅飞向了蓝天，不久又叼着一个大猎物回来了，如此反复了多次。

为了紧密团结员工，心往一处想，劲往一处使，使他们与企业共同发展；为了保证工程质量，项目开工时，我似乎看见桂花总是坚持在工地监督巡查，整个身心都扑在工地和员工队伍里，夜晚就在工地临时搭建的棚架住房里歇息。为了提高员工们的业务技能和素养，她与担任集团董事长的甄胜利为员工们举办各种业务培训班，后来还办起了房产营销和建筑施工的夜校。她亲自授课，下课后依然精神饱满地活跃在工地或营业厅，每次授课都极受赞赏。她经常组织员工旅游，开展打乒乓球、拔河、游泳等体育活动，组织放映电影和文艺演出。还经常组织理发、补鞋、缝补衣服、测量血压等，为工地员工们提供方便。各种各样的活动都组织得很成功，每次活动她和丈夫甄胜利都亲自参加。她虽然身为总裁，但从不居高临下、盛气凌人，员工们有技能和工作优秀的，有对公司做出了贡献的，她都热诚地赞扬，因而获得员工们的忠诚信赖和衷心钦佩。员工们常常沉浸在一片欢乐祥和的气氛之中，工作劲头很足。

　　桂花面对的最大难处是，首个项目破土动工时，缺少营业场所，办公设施简陋。她只得在项目附近租用临时场地做营业场所和宾客商谈业务的办事处。因为资金有限，开销也是一个很大的压力。工人师傅们只好住在工地临时搭建的帐篷里，就餐就在工地临时搭建的食堂。她自己也是常常在工地搭建的帐篷内住宿和就餐。另一个难处是，员工的技能和素养不理想。营业部的营销员，多数是一些刚从大专院校毕业的年轻人。工地上的施工人员，不是一些年岁偏大，就是一些年纪太轻。他们的技能和素养，都不能令桂花满意。一切并不像取得成就后，报刊网络渲染得那么华丽，成功的过程并不像报道得那么有趣！

桂花坚守一个信念："品质是房地产获胜的根本。"为了将房地产开发项目打造得更完美，桂花两口子不辞辛劳，不远万里，曾几次到有关国家考察，听取建筑专家的讲座，学习关于房地产开发建设的知识。桂花两口子真诚接受业主们的意见，改善物业的服务质量，改善原料和施工都不过硬的物业设施，改善小区内通行状况，将空闲的场所修建成娱乐场所，调整物业公司绿化工的作息时间，发放加班费，加高加固小区内花卉果木园地周围和道路两侧的砖块保护设施。

硬气而繁忙的桂花常常喜欢夜静时思考企业创新发展的选择。她在事业逐渐有所成就后，这种习惯便成了定势。她说："人生常面临许多选择。正确的选择可以决定一个人的发展。"她求真务实，开拓进取。作为裕湘省女企业家协会副会长，桂花深知提升企业管理者的素质与能力是至关重要的。所以她还非常爱好读书，常常刻苦勤奋地读到深夜，越读越津津有味。她还充分发挥组织能力，通过多种有效途径组织女企业家们不断学习经济管理、企业管理等方面的知识。帮助女企业家提升自身的管理能力和营运水平，使女企业家能准确把握市场经济的运行规律，制订并实施科学完备的企业发展战略。

桂花积极投身公益慈善事业。她帮贫扶困的事迹很多，涉及面很广，涉及的人很多，媒体有很多报道。在桂花的眼中，慈悲之心和慈善行为是每一个善良而真挚的人追求的至上目标。她说："企业是社会的一个组成部分，企业的发展与社会责任分不开。"她始终坚守此理。在维持企业稳定与发展的同时，她时刻鞭策自己"多作对社会有益的事"。她以修路为突破口帮助贫困村民走出困境。为了帮助贫困村民脱贫，她常常翻山越岭，到贫困村实地考察，提出方案，拿出措施。她长期捐助穷困家庭的女孩，把穷困家庭的女孩当作自己的女儿，并深深为女孩祝福。

"扶贫必先扶智"。桂花坚持积极为贫困山区儿童捐款，扶助贫困学子，修建校舍，支持教育事业。为了解决学校的困难，创造良好的教育环境，她总是一趟又一趟地从建宁市往贫困学校跑，实地考察，提供帮助。每年的元旦、春节、儿童节、教师节，她都会去贫困学校，慰问贫困学校的师生，和他们聚集一堂——欢庆节日。她为贫困学校捐赠图书、电脑、衣物无数，还捐赠了大量钱款。她创立公益助学助困基金，用来帮助有需要的贫困学子，还定期为偏远山区的孩子们捐款捐物。她对贫困学校和贫困学子的无私捐助，获得人们衷心地钦佩和赞赏。

桂花的眼光敏锐，始终注视着远方和周围各行业的情景。她深深地感觉到房地产行业的危机：楼盘建造过多，销售不出。她是一个善于学习和善于探索的人。她深深地意识到，年龄渐老，体力不支，要开始放手让长子自维和儿媳接手干事业。她认识到要开拓创新，向新的领域、新的行业挺进，如瓷业、旅游、文博、水利建设、公路建设、园林建设，等等。她深深感觉到时代美好，祖国昌盛，机不可失。她也认识到开拓创新，要有短措施、常规化，关键是要有行动、要有韧性。她决心在开拓创新的同时，坚持扶贫帮困，助学帮教，做到良善之心、仁义之举永不丢！

第三章　发展

改革开放美时光，园林百花齐开放。

桂花像雄鹰一样，在广阔天空奋勇翱翔！

2020 年上半年的一个星期天，我从星城来到建宁看望桂花病重的父亲。只见她一副疲惫的样子，脸上满是灰尘，衣服上满是泥土，完全不是一个中年女子应有的神态。我不免怜悯地问她："妹子，你觉得苦吗？"

她说："叔叔，苦不苦倒不是什么问题。以我的性情，我认准的目标，肯定会执着地干下去，绝不退缩！问题是我妈妈因糖尿病已去世，我爸爸孤身一人，现在又病成这个样子，让我忧心。"

自从堂兄树荣病重起，桂花就将他从老家攸州城关镇的住所，接到建宁流芳皇城居住治疗了。四姐妹轮流照料，有时她们四姐妹还陪护堂兄到燕都去治疗，到最好的医院看病，请最好的医生，买最好的药，但堂兄的病情总不见好转。那个时期，桂花既要忙业务上的事，又记挂着她父亲的病，心上压着一块大石头，人消瘦了不少！第一次消瘦是她在燕都攻读两门本科学历，而这一次是她们四姐妹都消瘦了！

流芳龙城项目开工后，新的难处更是不少。以桂花高度的社会责任感，她深深意识到：一个新的房产项目要达到目标，必须有高度的质量要求，那么员工就必须有更高的素质，要齐心合力地奋斗。

为此，桂花在公司大力宣讲公司将忠诚遵循以人为本的理念。商道即人道，员工是企业最珍贵的财富，公司将竭尽全力为每一位员工提供最好的平台。

　　她注重树立企业文化，传播团队的团结精神和思想。为此她向员工们宣讲，有多大的信念，便有多大的格局；有多深的坚持，便有多深的执念。在那些年里，她认为商业和国家政策是分不开的，集团所有员工都必须认真学习政治经济学。面对公司内外各项繁杂的事务，她用足够的耐心与细心进行系统梳理，开设总经理课堂，坚持亲自为员工培训，并且言明，企业到后期发展，没有雇佣关系，大家都是合伙人。在困难面前，她毫不退缩，带领大家勇往直前。

　　有好几次差点出了严重事故。有个施工人员在高层脚手架上贴瓷砖，没按规则戴好头盔，上层高楼一小截钢材掉落下来，差点砸中他的头部。

　　由于天气炎热，一个电焊工在高层脚手架上作业，热得满头大汗，头发晕，一不小心往下掉落，幸好他系了安全带，才没出事故。

　　一个施工人员很年轻、没经验，在使用冲击钻时，错误地将电源线插座插入工地一处油质配电箱内的电源，并开启开关，使设备进入了加热工作状态。当时他周围堆积了不少易燃的塑料网罩，从而引发火大。大火将他的衣裤烧毁，将他的脸部和右手臂烧坏。后来虽然将他送去医院抢救，为他的脸部和右手臂移植了皮肤，但他也留下了难看的疤痕。这个年轻的施工人员为自己脸部难看的模样深深担忧，觉得这一辈子完了，不会有女孩子与他结婚了，精神上很痛苦，度日如年。公司为了抢救他，给他治疗和安抚他，花费了不少钱。

由于心地善良，桂花很自责，特地举办了安全生产的培训班，亲自为工地施工师傅们讲课。经过培训，工地施工师傅们提高了认识，以后再没有出现类似状况了。

桂花不仅对房地产本身很热心，对与房地产有关的其他经营项目也很重视。

她历来对房地产企业的物业工作高度重视。她表示物业服务具有潜力无限的行业，可持续发展、可长期发展。她强调物业服务要符合法规、合情合理，才能深得人心。她要求员工要自信，把物业做得更优秀。她和丈夫甄胜利在流芳皇城和流芳龙城小区内设计了很多优质的物业服务项目。

这些项目藏风聚气，紧紧环拥建宁市栗雨休闲谷、神龙城、颐景公园，达 4000 亩的公园胜景。内部设计建造了约 9 万平方米的皇家园林。园林保留了约 2.1 万平方米的原生态山林——龙山，巧设金池、凤谷、宝塔。取山之精华，水之灵气，建成了建宁地区城市的祥瑞福地。

小区配套 1500 平方米的室外景观泳池、20000 平方米的商业中心、6000 平方米的超级邻里中心。涵盖时尚购物、休闲娱乐、特色餐饮等繁华设施。特别是遵循以人为本的理念，建立了建宁市首家老年公寓，还建立了青少年体验馆。每一位业主都能在此找到生活的乐趣。

在事业蓬勃发展，项目连续成功时，桂花并没有自满，没有停步。她不断地前进，不断地在新的领域发展，令人瞩目、令人喜悦！

建宁《掌上渌口》记者曾钢报道：

"2022 年 8 月 20 日上午，作为省女企业家协会副会长，桂花深知提升企业管理者的素质与能力是至关重要的。"

2022 年 8 月 20 日上午，燕都故宫文化传播有限公司总经理关琪一行来到建宁绿口区考察裕湘流芳集团文创部落项目。建宁市渌口区经开区党工委第一书记李晓彤和区领导杨慧、刘文军、张俊接待并陪同，桂花和丈夫甄胜利一起参加接待。

关琪一行来到绿口区南洲镇早竹村水仙湖，认真察看了项目周边环境，了解项目建设推进情况。

座谈会上，桂花介绍了流芳集团文创部落项目前期进展情况。她说："流芳集团文创部落是乡村振兴文旅项目，以历史文化、书院文化及集团文化为背景，延展乡村振兴、学生教育、亲子活动和康养事业等内容。2021 年底，裕湘流芳集团与故宫紫禁书院签订了合作意向书，今年 3 月与建宁绿口区人民政府签订了招商合作协议，6 月签订了补充协议。经过多轮的选址调研、实地考察，经世文创部落大型文旅项目已正式落地水仙湖，各项前期工作正稳步推进。"

关琪介绍了燕都故宫文化传播有限公司相关情

况。故宫紫禁书院为燕都故宫文化传播有限公司的下属部门。

关琪说，本次考察，燕都故宫文化传播有限公司与裕湘流芳集团正式签约了《紫禁书院·故宫文化及紫禁书院合作经营合同》。截至目前，包括渌口区流芳集团文创部落项目在内，全国已有十一家紫禁书院分院签约落地。

关琪表示，此次考察洽谈，充分感受到渌口区干部干事创业的激情、专业敬业的态度，更加坚定了对流芳集团文创部落项目合作的信心。

李晓彤对关琪一行来区考察指导表示欢迎，他指出，渌口区是星城、建宁、湘潭都市圈的"南大门"，拥有得天独厚的区位优势和生态环境，具有发展文旅产业的光明前景，中部京广经济发展带和东部沪昆经济发展带在此交汇。建宁市第十三次党代会提出，要把渌口作为全市重点开发的 5 个片区之一，将南洲新城打造成全市 7 个产城融合新地标之一。他诚挚希望燕都故宫文化传播有限公司能带着为民情怀来区投资建设，造福渌口百姓，助推渌口经济发展。各相关部门要把此项目作为全省重点项目来抓，以最真诚合作、最优质服务支持项目建设，助力渌口区文旅发展、乡村振兴取得更优成绩。

我看到微信朋友圈里的这条报道，喜悦地点赞："妹子，你这么一个从华盛回到老家的小女孩，成年之后下海，起初在建宁地区创业，然后奔赴燕都创业，再后来与丈夫一起从燕都返回建宁地区发展，经营房地产事业，干得红红火火，对家乡建宁地区的贡献不算小。如今生活过得这么幸福美满，真是硬气，有志气！"

桂花立刻在微信朋友圈回复我，说："叔叔，不是我怎么厉害，是社会太好了，给了我机会！请放心，今后我一定会更珍惜这美好的机会。"

桂花在建宁地区发展以来，硕果累累，但形势在发展，社会在前进，企业应该向哪个正确方向发展，应继续开拓哪些项目，会面临哪些新的艰难，如何战胜这一切，桂花都在深深思考之中。

第四章　选择

桂花看似很活泼、爽朗，喜欢热热闹闹，其实她也有文静的一面，爱深思、爱静思。她很崇奉一句名言"得之坦然，失之淡然"。中年以后，她更加崇奉这条名言。

　　硬气而繁忙的桂花有在夜静时深思的良好习惯。2012年流芳龙城项目动工之后，她的这种习惯便成了定势。天气好的时候，她经常会坐在流芳龙城住所庭院的那棵高大的桂花树下思索。而风雨天气，她就会坐在自己宽敞的办公室沙发上思考。

那棵桂花树是 2012 年春季，流芳龙城动工时，她用大卡车从果木花卉市场挑选购买，亲手栽种的。

桂花为什么选择夜静时在桂花树下思考呢？因为她历来喜爱桂花树。

桂花树是我们国家的传统花卉，观赏价值极高，很优雅。桂花树开花的时候整个植株都金灿灿的，而且还具有浓郁悠长的香味。秋季是桂花飘香的季节，也是一年收获的季节。桂花的颜色是金黄色，是丰收的象征，胜利的象征，喜悦的象征，也是吉祥安康的象征。桂花的花瓣紧凑而青绿，优雅而脱俗，还是忠贞的象征，美好的象征。桂花在生活中深受大家的喜爱，常被作为高贵的礼物赠送。中秋季节，坐在桂花树下静思，皓月当空，秋风习习，不知有多惬意。所以桂花最喜爱坐在桂花树下静思。

桂花常常对自己说："有多大的信念，便有多大的格局；有多深的坚持，便有多大的发展。正确的选择可以决定一个人的发展。面对层出不穷的家事和琐事，是积极，还是消极；是迎难而上，还是逃避，就是选择。而选择需要深思，需要静思。人生给我们的答案是：人因选择不同，而走向不同的道路，然后也就拥有了各自不同的人生。"

在生活实践中，桂花深深体会到：选择是对过去行程的回顾和总结；选择是要找一条正确的道路前进；选择是为正确前进的行程加油！

桂花下海，赴燕都，回建宁，在建宁开发房产，再开发文化旅游，文物博览，加工制造等项目，都是选择。

桂花的选择，有时是对创业地留去的选择，有时是对建筑项目的选择。如在燕都时，他们两口子就有过是留在燕都，还是返回建宁的选择，结果他们返回建宁是对的；返回建宁后，有过是返回燕都还是留在建宁的选择，结果事实证明他们选择留在建宁是对的，是有眼光的。

"要保持一颗平常心。君子和而不同，很多时候不争不是糊涂，而是难得的通透和豁达。人的高层境界是节制，而不是释放。得之坦然，失之淡然。

控局和努力会给你带来好运。"

"将自己认定正确的选择坚持下去，就是扬在脸上的自信、融进血里的骨气、刻进生命里的坚强。坚强就是坚韧的表现，坚韧是成功的前提之一。"

桂花的选择有的是关于对人生价值的追求，有的是关于对精神境界的提升，有的是关于对心态的调整。

"不做产品，只做作品"，是桂花对产品质量的最佳选择，最高选择。实践证明这种选择是获得客户信任的保证。

十年来，经过不断努力，流芳集团已逐渐确立了在住宅行业的竞争优势，发展成领跑建宁的高端房地产品牌，先后获得"裕湘房地产品牌新锐企业""建宁房地产开发先进单位""建宁最具影响力企业"等两百余项社会荣誉。

在艰难的征程中，桂花坚持倾情开拓发展，不忘初心。流芳皇城是桂花与其丈夫甄胜利在建宁投资建设的第一个房地产项目。选最宜居的地块，找最好的设计院、施工单位，用最好的建筑材料，严格要求物业公司提供最好的服务。这样做的代价是流芳皇城各项成本比其他楼盘高出 30% 以上。但事事追求完美的桂花在每一个环节都站在业主立场上，力争将一切做到最好。

"心若向阳，何惧风雨。人生需要的是一种态度，比态度更重要的是行动。"她时刻鞭策自己"多做对社会有益的事"。在维持企业稳健发展的同时，她怀着感恩的善良之心反哺社会，谱写出一个个美丽的故事。

"关注民生，践行公益"，是桂花对人生价值的最佳选择、最高选择，是她生活幸福美满、快乐欣慰的原因。

身为省妇联执委、省妇女发展儿童基金会副理事长的桂花，一直积极投入慈善公益事业，努力为维护妇女儿童权益，提高妇女儿童素质，促进妇女和妇女事业的发展，为构建和谐社会做出应有的贡献。桂花尽力为妇女儿童办好事、办实事。她积极为贫困山区儿童捐款、捐建校舍，扶助贫困学子，支持教育事业。她为茶陵的桃坑小学送去价值 10

万元的电脑设备，为贫困山区学校基础设施建设捐款 6 万元，为建宁市一中贫困学生捐赠价值 10 万多元的书籍，多次为福利院的孩子们送去衣服与爱心捐款，为天元小学建筑国学馆捐赠 30 万元，为栗山小学设置 10 万元的助学基金。此外，她还成立了建宁市第一家"妇女儿童之家"。她心系妇女儿童，为广大妇女儿童办实事、办好事，用实际行动展示了新时代女性的巾帼风采。

2007 年冰灾来袭、2008 年的汶川地震、2010 年的玉树地震，流芳集团为灾区捐款捐物近 80 万元。在倾情捐助灾民的同时，流芳集团始终不忘服务大众，先后投入资金近 600 万元修建株曲路（盛世路）、投资巨款修建攸州仙姑岭的笔增龙泉大道。此外，还多次为市消防支队捐款，组织公司高管，看望慰问特困户、孤寡老人……短短 10 年时间内，累计向社会各界捐款捐物近 1000 万元。

桂花求真务实，开拓进取。作为裕湘省女企业家协会副会长，深知提升企业管理者的素质与能力是至关重要的。所以她充分发挥组织能力，通过多种有效途径组织女企业家们不断学习经济管理、企业管理等方面的知识，帮助女企业家提升自身的管理能力和营运水平，使女企业家能准确把握市场经济的运行规律，制订并实施科学完备的企业发展战略。

坦然、释怀，是桂花对最佳心情的选择，也是她事业不断发展的缘由。

"春天的栽种变成秋天的收获。心中的坦然，变为失去的淡然，要有强大的心理承受能力。愿我永远懂得释怀，且被岁月温柔以待。迎接美好，珍惜相遇，送走烦心琐事。"

和所有的人一样，桂花也有遭遇人际关系麻烦的时候，也有工作遭受挫折的时候，但她都以这种释怀的方式挺过来了，值得庆幸。

"淡如桂花何妨瘦，清到梅花不畏寒。"

"淡如桂花"是桂花对心境的选择；"不畏寒"是桂花对精神境界的提升，对为人处世的追求。这种选择、这种追求，使桂花扛住了人生路上的各种压力，不断前进，获得累累硕果！

桂花不愧是具有独特风采和气质的女士。她有强大、积极进取的心愿。

上面这两句话，"淡如桂花何妨瘦，清到梅花不畏寒。"据说是清同治进士姚步瀛的自题对联。他曾任裕湘慈利知县，为官清正。

清代姚步瀛的自题联是以桂花自况，表达他"人淡如菊，瘦又何妨"为官清正的情怀，也成了对如今作为一个著名女企业家桂花的有力鞭策和鲜明写照！

桂花对心态的选择，有比一般人更艰难的一面。她拥有的是一个非常幸福美满的家庭，既有深厚的中华文化底蕴，又有浓厚的中西文化交叉。面对这样一个家庭，她经常面临很为难很纠结的选择，但她选择了"得之坦然，失之淡然"的明智态度，生活过得非常舒适自如。

"人生有两大憾事：一是得不到，二是已失去。很多时候，我们总是在为了自己想要的人生而疲于追逐。然而生活的残酷之处就在于你越在乎的事，越容易落空；越在意的人，越容易离开。你很清楚，你已经足够努力用心去做了，却怎么也达不到理想中的结果。于是你开始变得不安、忧虑。你的情绪不再为你自己所主宰，而是被某个人、某件事所左右。期待得到一些回应时，你开心得像飞上了天；不如所愿时，又瞬间跌落到了深渊。等到经历了希望与失望之间反反复复地折磨，你只剩下无边的恐惧，恐惧彻底失去的那一刻。其实无论是'得不到'，还是'已失去'，都不是造成痛苦的根源。真正让人感到痛苦的，是我们内心深刻的执念。我们认定，拥有才是幸运，失去即是不幸。事实上，有些东西被你拥有的同时，也占据着你的生命空间，让你不舒服、不自由。它们就像背在身上的行李，你将其视若珍宝，却不知道，那是负担，是与你不匹配的重量。从这个角度而言，如果有一个人或者一个东西，经常会让你患得患失，你却无力自主，那么失去也许对你就是最好的安排。当你放下你的畏惧，勇敢地去面对现实，你就会发现，一切并没有想象中那么可怕。地球少了谁都照样转。这个世界上，也没有谁会因为谁的离开而活不下去。相反，坦然承认自己在某一阶段的失败，走错路，爱错人，便是成熟的表现。经过失去的伤痛，我们才会明白自己的不足，看清楚自己的缺点。品尝过求之不得的滋味，我们不再寄望于他人，而是依靠自我、强大自我。人生，失之东隅，收之桑榆。"

　　总之，人生经常面临许多选择。"正确的选择可以决定一个人的发展。"桂花在人生道路上做了许多正确的选择，所以她能不断前进，有所成就——这是值得欣慰的。

第五章　诚信

桂花夫妇守信用、讲诚信。他们是这么说的，也是这么做的，而且做得很不错，获得各方面的好评。

为了表明流芳皇城和流芳龙城品质的可靠性，桂花小两口在流芳龙城完工之后，立即在流芳龙城永久性居住。这是建宁地区开发商居住在自己建造的房子里的典范，开建宁地区开发商选择居住场所之先河。因而流芳皇城和流芳龙城的楼盘销售火爆，很快就没有什么剩余的了。在流芳集团员工的各种培训班和夜校讲课时，桂花反复强调：

"从大的方面来讲，诚信是社会和谐稳定的基石。诚信是一个社会赖以生存和发展的基石，是维持社会秩序的纽带，是维系人际关系和谐的良药，是推动科学发展的动力，也是民族团结进步的阶梯。我们要切切实实让诚信内化于心、外化于行。从小的方面来讲，诚信是为人的标杆，是企业的信誉，是事业成功发展的保证。"

桂花和她的丈夫牢记国家对企业关于"要有过硬质量和良好售后服务"的要求，一再强调企业应该兑现承诺，并且说到做到。

2011 年 7 月 13 日，流芳集团董事长甄胜利和总裁桂花两口子从国外考察回来之后，在流芳龙城 8 号公馆庆祝开盘成功。桂花发表了激情洋溢的祝酒词，向广大员工表示感谢，对广大员工表达美好的祝愿。随后桂花就此次开盘所获得的成功经验进行了总结，着重总结了诚信对企业成功发展的重要性，广大员工极受鼓舞。

流芳皇城开盘营销后不久，小区内发现一处流水景观的木质桥有腐烂现象，物主们在桥上行走时存在安全隐患。桂花两口子认识到这是原料和施工都不过硬的问题，毅然决定不用业主委员会讨论表决是否启用物业维修费，而是流芳皇城集团自费拆除腐烂无栏杆的木质桥，建造钢筋水泥雕刻式的栏杆桥。该桥20多米长，改建花费两万多元，历时两个多月，大大改变了人们对流芳皇城楼盘售后服务的印象。在改建过程中，业主们见到桂花两口子就打招呼，感谢他们守信用、讲信誉，不愧为诚信之人！

后来又有人反映，流芳皇城西门一处空闲地方，成了堆放废弃建筑材料和建筑工具的场所，能否把这个地方改建一下，使它成为一处游乐场所。

桂花觉得这个建议很好，是一个优质服务业主的问题，是一个讲诚信、守信用的问题。于是集团拨出专用资金，在该处建造了一处可供休闲娱乐、锻炼健身的阳光游廊，它的面积500多平方米，可供100人同时使用。

对此，业主们认为流芳集团真心接受建议，衷心为业主服务，讲诚信。

真理不辨不知其真，楼盘不评不识其质。品质楼盘的评选，对市场和消费者有积极的解释、引导作用。

2011年10月20日据建宁媒体《裕湘流芳置业有限公司董事长甄胜利》一文报道："建宁市开展了一次评选品质楼盘的活动。评选活动开展以来，社会各界，各抒己见。主角开发商，在活动中纷纷表态献词，对品质楼盘进行了一番热烈讨论。桂花两口子也一起参加了这次评选活动。

"品质楼盘就是汇高品位、高质量、好位置及好配套于一体的好楼盘。"桂花的丈夫甄胜利在活动中道出了他理解中的品质楼盘，言简意赅。他认为，高品位，在于楼盘的设计定位、风格类型等方面，如他所言"一个楼盘只有容纳内涵，方能具有神韵，拥有灵魂"。对于高质量，他表示，一个质量不过硬的楼盘是建筑界的败笔，材料挑选、施工质量等，都关乎一个楼盘的整体品质。他说："区位优势好，得以成就'安全、宁静、人和'；境界好的楼盘必然能够赢得市民的垂爱。"甄胜利认为好位置是判断一个楼盘品质的决定因素。好衣服，需要好的配饰，同样，一个品质楼盘，也需要优良的配套。甄胜利说道："按照房地产行业认定，好楼盘是指15万到20万平方米的，拥有3000人居住的楼盘。只有兼具这些元素，才能称得上品质楼盘。我们都要坚定地做有良心的房地产开发商！"

桂花也对品质楼盘的标准和要求，发表了她的看法。她一开口，就说起了她关于诚信的另一段名言："诚信就是良心，诚信就是财富！"

"在维持企业稳健与发展的同时，要时刻鞭策自己对社会多做好事，多做实事，多做有益的事。作为房产开发商，兑现诚信，就要保证房产的质量和物业服务的质量！"

桂花两口子是有志气的，是不满足现状的，是有眼光的。

据报道，裕湘流芳集团2022年两次组织员工观看了置业专家李强老师《感恩、责任、忠诚》的影碟。其中第五章着重强调了物业部门坚守诚信的重要性。各级员工受到极大的启发，产生深深的共鸣。观看结束后，桂花还组织参加观看的员工发表了自己的感想和建议。

2022年8月流芳集团在炎陵召开为期两天的团队骨干民主生活会。会议强调下一个15年，流芳集团要继续奉行企业的价值观，以诚信立本，用品质铸辉煌！在创造幸福建宁的大道上，迎接中华的伟大复兴！

有一次，我询问桂花："你的成功之道是什么？"

她简单地说了两个字："诚信。"

略微沉思了一下，她又说道："就是我经常说的那段话，诚信就是良心，就是财富，就是善良！"

桂花虽然已是快知天命年了，获得了各种荣誉称号，但她并未懈怠，并不自满，并未停止前进的步伐。

2022年桂花的长子甄自维已35岁，他虽然是流芳集团的副总裁，但他在集团和裕湘省内的其他公司还兼任不少职务。桂花担心甄自维对流芳皇城小区的情况和物业工作不是很熟悉，便经常带着长子甄自维和有关部门的负责人，在流芳皇城园区内巡查监督。有时巡查监督后，她还会召开流芳皇城各部门负责人会议，让甄自维主讲，评价流芳皇城的物业服务情况。

2022年上半年，流芳皇城28栋的一个业主反映，他的车库门前经常被别人的车子堵塞，自家的车子无法外出。有一次他母亲病危，他要驾车送母亲去医院急诊救治，可堵在他家车库门口的车子老不见来人开走！这位业主还反映，平常园区内车辆行驶很不规范，常常出现安全隐患。

听到这个反映，甄自维意识到问题的严重性，立马召集物业部门的员工商讨解决的办法。他要求物业部门的平台服务员对于业主的诉求，要做到有问必答、有求必应，并完善和加强园区内交通安全措施。

这些措施是：在各个交叉路口标注人行横道线，并设置"上下学时间，驾车请多多注意小朋友

安全""礼让行人，减速慢行""请让小朋友在家长
监护下进行户外活动，不要在道路上嬉戏玩耍"等
标牌；在各个交叉路口竖立大型反视镜，便于司机
观看周边情况；上下学时间安排保安人员在各个交
叉路口和小朋友在院子的出入口定位值班；上下学
时间安排保安人员骑摩托车在院内巡查交通安全情
况。自从做了这些部署后，园区内车辆行驶停靠的
状况大为改观。

甄自维看到物业服务平台的服务员后来确实做
到了"有问必答，有求必应"，很于是高兴地写了
两首七绝赞扬她们，发在物业群里。

《赞物业前台杨英黄芹》之一

有问及时答复人，

有求必应美精神。

前台服务无停顿，

学习雷锋业主亲。

《赞物业前台杨英黄芹》之二

学习雷锋做好人，

前台服务快如神。

杨英女士先行将，

巾帼黄芹心最亲。

物业前台的服务员杨英和黄芹看了甄自维写的诗很受鼓舞，工作表现更出色了。她们也在物业群里回复甄自维："谢谢甄副总裁的表扬，这都是我们应该做好的工作，今后我们会更努力。这几个月，炎热异常，所有物业师傅都辛苦了。要多报道这些幕后的无名劳模！以后我们会经常及时报道这些物业师傅的事迹。"

物业师傅们在物业群里看到甄自维和杨英黄芹发的这些信息，也深受鼓舞，工作劲头更足了。

还有一次，26栋2单元的业主在物业群里反映，有人养猫，都是野猫，很可能带病毒的。有很多只，而且它们繁殖得很快，一点都不怕人，也许会发展得满院子都是野猫，好害怕啊。请物业要么把这些野猫拉出去打一下疫苗，要么就把它们清理掉。园子里小孩子多，出了事谁负责呢？

甄自维也感到这不是一般的物业服务质量问题。他立刻做了妥善处置，要求物业部门请有关部门来人给这些猫打疫苗，由业主认领喂养，剩下的送交宠物收养处喂养。

后来甄自维还要求物业部门，在物业群里发布了很多喂养宠物的条例，在园区内也张贴了许多喂养宠物的条例。业主们都能很好地遵守条例，园区内再也没有见到乱跑的野猫了。

再有一次，一个内行的业主在物业群里发表了两条意见：“一是最近两年以来，全球气候反常，烈日炎炎，园区内许多果木和花卉因干旱和虫灾逐渐枯萎凋谢。那些果木和花卉根部的土质都被晒硬了，园林工喷洒的水很快就蒸发了，果木和花卉没吸收多少，很多业主看了都很心疼。建议园林工白天上班时间用锄耙之类的工具，为果木和花卉的根部疏松土壤，便于果木和花卉迅速吸收喷洒的水分，而早晨五点到八点请加班加点对果木和花卉喷洒水分和杀虫剂、吊挂营养液。二是由于园林师傅经常对果木和花卉用强力水龙头喷水，所以小区道路两旁、果木花卉园地周围堆积了很多泥土，建议把小区道路两旁、果木和花卉园地周围的水泥围栏隔离板加高。"

甄自维觉得这位业主说得很对，亲自找这位业主商谈，要求物业部门按这位业主说的办，通知物业部门给园林工发放加班费，为他们提供防暑的绿豆汤和藿香正气丸之类的药物。物业部门对整个小区道路两旁、果木和花卉园地周围的水泥围栏隔离板也做了加高加固的改善工作，还将它改为人造大理石版，花费了不少资金。不久园区内的果木都转为青绿色了，花卉也鲜艳起来了，道路两旁、果木和花卉园地周围也不见流失的泥土了，业主们也高兴起来了。

流芳集团的流芳龙城位置特别好，系依山傍水而建。山坡上有一片片的竹林。冬春季节，往往有一些人到竹林偷挖冬笋和春笋。有业主向物业反映了这种情况。甄自维得知后，组织物业人员在竹林周边竖立了不少宣传标语，如"讲文明，莫挖冬笋春笋"，并布置物业保安人员在竹林加强巡查，后来这种偷挖冬笋春笋的现象就很少了。

桂花将甄自维的这一切看在眼里，感到这个后辈接班很得力，觉得很欣慰，自己终于可以活得轻松一点了。

是的，桂花就是这样始终在事业中坚守诚信，把想象中的自己活成了现实，现实的生活正是她理想的状态。

第六章 　丧父

2020 年 4 月 16 日，我在星城接到二伯的孙子齐云的电话。他告诉我堂兄树荣，因患食管癌，饮食难进，后期很痛苦。已于 14 日去世。梅花四姐妹对他竭尽全力寻医救治无效。追悼会定于 17 日晚在建宁市的莲花塘殡仪馆举行，问我届时能不能去参加追悼会。听闻退休的堂兄树荣已去世，犹如晴天霹雳，我感到很突然，不知如何表达我的悲伤。但我很快对堂侄齐云说了，不管我现在如何年老体衰，追悼会我一定会参加，到时候你们安排车子来接我吧!

4月17日晚,齐云受梅花的委托,亲自驾车,把我送到建宁的莲花塘殡仪馆参加追悼会。在车子行驶的路途中,齐云告诉我,梅花四姐妹没有精神准备,很悲伤,都病倒了。梅花年岁最大,快60岁了,有糖尿病、高血压,有时病情恶化,还被家人送进医院治疗。我听了齐云的叙说,既为堂兄树荣的匆促去世痛惜,又为梅花四姐妹当前的状况心疼和担忧,嘱咐堂侄齐云,日后要多关心梅花四姐妹。

到达建宁莲花塘殡仪馆后,我的心情很沉痛。

想到堂兄树荣就这样匆匆离开我们了,我忍不住悲哀,只想哭!

晚上8时追悼会正式举行。堂兄树荣工作单位的代表致悼词,然后老家的亲友纷纷致悼词。这说明堂兄树荣生前的人缘很不错,大家对他的印象很深。

接着一脸憔悴的桂花站在追悼厅代表她们四姐妹,向堂兄树荣的单位代表和各位亲友表示感谢,她说："各位叔叔阿姨，我的爸爸赵树荣是一个为国为家吃了不少苦的好父亲，20世纪50年代参军到福建前线，60年代起在华盛蓝焰油田公司艰苦奋斗了20年，70年代一直在家乡辛勤工作。我们四姐妹都是在华盛出生的，是裕湘人，也可以说是华盛人。我们跟随父母在华盛的长期生活，打造了我们坚韧进取的性格。我爸爸有部队锤炼出来的爽朗火热的性情、豪壮的硬气，有华盛人的豪迈风采。我们四姐妹从小在他的精心养育下健康成长。现在他去世了，享年82岁，我们四姐妹还没好好报答他的养育之恩……"

桂花说到此处泣不成声。梅花、杏花、荷花三姐妹走上去，与桂花相拥而哭，场面感人！

我回想起桂花在微信朋友圈发的话语："2009年9月20日，妈妈去世后不久，我在夜里梦见和妈妈促膝交谈，很开心。醒来想起历历往事，很暖心……有一句话是这样说的，'父母是我们前半生的依靠，而我们是父母后半生唯一的依靠'。岁月最是无情的，催促着父母走向衰老，衰老到只能依靠我们的照顾……"

我担忧梅花四姐妹在追悼厅悲伤过度，便走上前把她们四姐妹牵到凭吊宾客的队伍里。

追悼仪式完成后，桂花不忘安排人当夜驾车，把我安全地送回星城的住所。三天后我与她通电话，尽心地安慰了她一番。她在电话中对我说："叔叔，谢谢你对我们四姐妹的关爱。现在我们四姐妹的父母不在了，今后我们四姐妹要把老家的乡亲们、建宁地区的乡亲们，当作自己的亲生父母孝敬。叔叔，你放心吧。你自己要多保重！"

2020年6月14日（农历五月初五）这天是端午节，梅花打来电话向我问候，并告诉我：4月20日她们四姐妹已将她们父亲的骨灰送回老家荷叶塘墓地与她们母亲合葬，还商议进一步把从醴茶国道通向龙泉的大道改造修建好。桂花决定由她出资，交付齐云操办。我听了，大为赞赏。

自从参加了堂兄树荣的追悼会后，堂兄树荣的音容笑貌总是在我脑海里回旋萦绕。

其实，我对堂兄树荣一生的情况并不是很熟

悉，只有三件事令我记忆深刻。

第一件事是：他读初小时，大概是 1947 年或者是 1948 年，那时他 8 岁或 9 岁，我 6 岁或 8 岁。他常常送给我一些图书、本子或者果品之类的东西——这都是学校发给他的奖品。这说明他对我这个堂弟很心疼，所以我一直记得。

第二件事是：我们堂兄弟一生相处见面的时间很少。我上高中时，他正在福建前线服役，经常写信给我，要我好好学习，力争上游，争取将来为祖国做贡献，不要延误了美好青春时光。

第三件事是：1977 年冬天，一个星期六的上午，大雪纷飞。在裕湘攸州仙姑岭火车站，我见堂兄树荣夫妇带着四个幼小的女儿调回家乡的情景。

还有一个情景，使我至今难忘：

2010 年，我早已退休，时间比较宽裕，除夕前两天的上午，我从星城到建宁去看望堂兄树荣。他见我去看他，很高兴地说："过两天就是除夕了，我的四个女娃娃从小跟着我喜欢吃饺子，今天我来包饺子，晚上叫她们四姐妹来吃饺子！"

晚餐时，桂花四姐妹按时来吃饺子。看着堂兄树荣一天包的400多个饺子，桂花四姐妹乐得跳了起来。但吃着吃着，桂花哭泣起来了，接着其他三姐妹也哭泣起来了。我一下子愣了，这是为什么？

接着，我明白了这四姐妹是感恩她们的父亲这么大的年岁了，孤身一人，病患在身，还惦记着她们四姐妹，一天之内，竟然包了这么多的饺子！

看到这情景，堂兄树荣慌了，急忙对桂花四姐妹进行抚慰。我在一旁也感动得直抹泪。

堂兄树荣虽然只有初小文化，其实是个情感非常深厚、细腻的人。

堂兄树荣深深思念故土。一个阳光灿烂的上午，梅花四姐妹陪伴着她们的父亲，在醴茶国道通向祖籍荷叶塘墓地的龙泉水泥大道上，说说笑笑地走着，去看望父老乡亲。村民们在醴茶国道路口边上矗立着一块大石碑，上面雕刻着"龙泉大道，赵桂花捐资"几个字。

桂花询问她的爸爸："我们老家门口这条道路为什么叫龙泉路呢？"堂兄树荣笑着答道："我们

祖居地荷叶塘的路边上有一口水井，附近村民都在这口井里挑水喝，100 多年了。据说喝了龙口里喷出来的泉水，能吉祥平安，它就叫龙泉，所以我们老家这条路就叫龙泉路了！这下你懂了吧？"

走到祖籍荷叶塘庭院门口，不少附近的父老乡亲都来陪伴堂兄树荣，与他一起在祖居到处观看闲聊。堂兄树荣与父老乡亲一路观看闲聊，一边回忆他的童年生活情景，其中多次说到与我玩耍的情景。

父老乡亲们称赞梅花四姐妹做了一件大好事，修了这么一条壮观的龙泉水泥大道。现在不仅农用的小型机械车辆可以一直行驶到山坡顶上，就是醴茶国道上的大型货车和大型机械车，也可以一直行驶到山坡顶上了。家里出产了一些农产品，可以直接用各种车辆拉到集贸市场或外地去销售。

父老乡亲们说：

"要想富，先修路。现在家家户户基本上都有了小轿车，有了这条龙泉大道，我们村民出出进进方便多了。尤其是家里如果有个急事，或有人病了，要请医生急诊就更方便了。

"我们祖居荷叶塘南侧的山坡，有一条小江河流过。山坡下很适宜种植牲畜饲料和饲养牲畜。修建了龙泉大道之后，交通方便了，有人投资在这里建立了浏阳黑山羊饲养场和土鸡饲养场。从此这里充满了生机，一天到晚都能听到鸡群的叫声和羊群的咩咩声。外地有买家要购买黑山羊或土鸡和鸡蛋，卖家随时都可以运送出去，无论多少，很方便。"

走到祖居南侧的山坡下时，堂兄树荣硬要到黑山羊和土鸡的饲养场去看看。到那里后，他这里看看，那里瞧瞧，忙着给黑山羊添饲料，为土鸡撒饲料，心里不知有多高兴！

就要上山坡了，荷花要搀扶着她们的父亲行走，可她们的父亲兴致很高，很要强，推开荷花，非要自己走着上去不可。到了山坡顶上水泥观望台，看着山坡下一幢又一幢新修建的相互比邻的房舍、田野里晚稻丰收的景象，他们的父亲不禁像诗人一样感叹起来："多好的风光，多好的社会，多好的时代！你们真幸运，真争气！以后更要争气，多为父老乡亲做好事啊！记着啊！"梅花四姐妹听着她们的父亲诗一般的感叹，都咯咯地大笑起来！

后来我梦见堂兄树荣回到华盛蓝焰油田公司，看望他那些老战友。他们都是鬓发苍白、满脸皱纹的老人了，见了面都欢乐得不得了。当有人问堂兄树荣的四个宝贝女儿时，他骄傲自豪地说："她们呀，都很不错，事有所成，很有志气，为我们华盛蓝焰油田公司的兄弟们争了光！"

我把这个梦境在电话中告诉了桂花。桂花感动地说："叔叔，谢谢你的电话！我爸爸是个军人，对战友们确实有深厚情感。你放心，我虽然已年岁五十，一定不忘继续为人民、为国家多做贡献、报答家乡、报答华盛的父老乡亲！"

听了桂花的话，我不由地赞叹："难得，难得，堂兄树荣的四个宝贝女儿，真是四个好妹子！"

不知不觉到了2022年清明节，堂兄逝世已是两周年了，那天侄女桂花在微信朋友圈发了追悼父母的遗像，另有她们四姐妹与堂兄树荣生前的合影，还发了下面这样一段感言：

"今天是清明节。这个世上，父母在，人生尚有归处；父母去，生命只剩归途。再也没有人把我们当成珍宝宠爱，再也没有人把我们当成孩子对待。我们这一生，欠父母的太多。百善孝为先，养育之恩大过天。做子女的，唯有终其一生来孝顺父母，才能报答父母恩情。爸爸妈妈，我一定牢记你们的叮咛，努力工作，经营好家庭。感激你们，永远爱你们！"

梅花看了桂花发的微信朋友圈，在评论区发了下面这样一段感慨：

"清明，教会我们不忘本，不忘从哪里出发；清明，教会我们在爱中告别。最好的缅怀是记得，也是放下。今日清明，愿我们不负时光、珍惜当下，带着所爱之人的嘱托，勇敢从容地过好每一天！"

我看了梅花桂花两姐妹清明节的感言，很感动，也很欣慰。

第七章　团结

"团结就是力量。这力量是铁，这力量是钢！"团结凝聚力量。团结让企业不断发展壮大，势不可挡！

2011年8月27日上午，桂花夫妇组织裕湘流芳置业、建宁市流芳物业举行了第二届流芳杯拔河比赛，并获得圆满成功。2011年11月2日。裕湘流芳置业有限公司组织了首届乒乓球友谊赛，精彩角逐冠亚季军！20多名员工与数名流芳皇城业主参加比赛。

　　2016 年 11 月，流芳集团的员工唐助人与一个同事到另一个城市出差。出差前他的手机被维修店的人做了手脚，不能使用，银行里的资金也被转走，他自己并不知晓。在那个城市他与同事失去联系，手机与身份证不幸被小偷盗走。那个城市的治安人员巡查时，见他拿不出身份证，他又无法证实自己的遭遇，便将他当作精神病患者送到当地收留所，这样他与流芳集团和家里的人也失去了联系。他家人和流芳集团的人，尤其是桂花，都很着急。后来经他的儿女和众多朋友多方打听寻找，终于在那个城市的收容所找到了他，将他接回建宁地区的瓷城家乡。由于受到惊吓，他在家中休养调整了两个多月，才去流芳集团复职上班。但流芳集团对他历来的工作表现很认可，奖金一分没少，还多发了一些。唐助人非常感谢流芳集团，以后工作的劲头更足了。

　　流芳集团的员工红朝阳，40 多岁，一直在公司担任保安工作，以前做过泥木工和油漆工，他的妻子也在公司做保洁工，一家大小以公司为家。休息日和空闲时间，他常常为公司修补墙面、补地面瓷砖、油漆陈旧的器具和桌椅。他不止一个月两个月这么做，而是多年都这么做了。桂花一直看在眼里、想在心里。正好那年保安队长因年岁偏高要辞职回家养老，桂花便建议物业部门做调整，任命红朝阳担任保安队长，从此红朝阳两口子在公司干得更卖力了，其他员工也深受感动和鼓舞。

员工何光明在集团营销部工作，是桂花的大姐夫介绍来公司的，他是退伍军人。何光明在部队时身体就不好，退伍到地方电视台工作了一段时间便病休了。不幸的是他妻子的身体也不好，后来还得了癌症，儿子的就业问题没解决好，孙子需要人照料。何光明出于军人的本质，纪律性很强，从不向人说起家中的苦楚。但桂花很清楚何光明的困难，每次出差回来，桂花都让他在家里多照料几天，并让他给病重的妻子带上一份礼物。后来桂花还把何光明的儿子招到公司当了水电工。桂花的善心深深地感动了全体员工，他们工作更踏实，更有劲了。

2016年流芳集团的电脑系统和网络经常出问

题，无人解决得了，急需一个这方面的人才。有熟人向桂花说，建宁市有个电器装配维修店的老板高险峰，30多岁，性格坚韧，爱好文学，喜欢写作。1987年高中毕业后，一直在外面闯荡，什么工作都做过，什么苦都吃过。在海南岛搞过承包土地、种植蔬菜花果，在东莞的空调机维修店跟班学过维修，在广州市一个校办企业跟班学过电脑维修，还在广东一家餐饮店跟班学过厨艺。后来他在深圳一个政府机关做园林工，一边工作，一边借机拼命读书。这期间，有个贵人指点他，不妨先下狠功夫学一门技艺，打好生存的基础，业余时间再搞创作。于是他下定决心在广州大学读函授电子专业。拿到了本科专业学历后，他回建宁市开了一个电器装配维修店，现在生意很兴隆，生活过得很美满。是否可以请他来公司兼职。

桂花爽朗地说："搞什么兼职，如果他确实本事大，我们就诚心聘请他任职。既然你对他熟悉，那你就充当引荐人吧！"

引荐人用激将法对高险峰说："现在流芳集团，

急需一个电脑设备和网络装配维修方面的人才，你敢不敢去应聘？"

高险峰不愧为有凌云壮志的人！听了引荐人激励的话语，他倔强地说："敢！就钱财而论，我现在经营的店铺效益不错，我已知足。但这个流芳集团很有名气，到那里我可以开阔眼界，施展专业技能。我要去试试！"

引荐人高兴地说："好！明天我就去流芳集团为你沟通推荐。你要自信，不要怯场。主要是面试，他们重点是看你的技能，你若是技能过不了关，别怪我没帮忙！"

其实面试很简单。有几台老旧电脑，这几台电脑都是系统被卡死，文档丢失。只有两个监考员在旁边监考，要求在他规定时间装配维修好。高险峰在规定时间的前十分钟就搞定了，一个星期后被破格录用了。

高险峰被流芳集团破格录用后，不负众望，连续解决了不少集团电器设备装配维修方面的问题。几年内他向流芳集团写了好几篇关于电器设备装配维修的总结报告，提了不少有关电器管理维修方面的建议，并根据以往在社会和流芳集团的生活体验，连续发表了30多篇散文、短篇小说和诗歌。他对流芳集团很忠诚，现已成为集团值得信任的、电器设备装配维修方面的负责人。

后来有人问桂花："你为什么破格录用高险峰？"

桂花说："人要有志气，要有开阔的胸怀。我就是觉得高险峰的专业技能不错，他有志向，很有作为！"

这件事后，流芳集团所有员工都懂得了，要下功夫好好学技能，对事业要忠诚。

2022年6月6日情人节，裕湘流芳置业有限公司开启首届"浪漫七夕"电影放映活动，观映现场人头攒动。

由于流芳集团在团结员工方面的工作做得好，事业发展得很成功。2018年1月《湖商故事》记者蒋雨薇、夏雨菲报道：

"在长达十年的时间里，流芳集团核心高管成员无一人主动离职。这是总裁桂花在管理上很成功的一点。截至目前，她培养了近60位优秀的职业经理人。她强调要以人为本，为每一位员工提供最好的平台。员工是企业最珍贵的财富，是企业快速稳健发展的保证。企业快速稳健发展的同时，员工也在共同进步。要注重树立企业文化，提升员工的团结精神和斗志。她反复强调说明："企业到后期发展，没有雇佣关系，都是合伙人制。"

看着比我小了一辈的桂花，有一次我不免心疼地问她："桂花啊，你经营着这么大的一个企业团体，是如何把员工们团结得这么好的呀？"

桂花看了看我，沉静地说："叔叔，也不是我有什么法宝。对待员工，不能高高在上，气势凌人。要善良，要与人为善。要有爱心，要关怀他们，有事要帮助他们。而这正是我们的家风，我是受长辈们的熏陶这么做的。"

接着桂花向我说起一个员工的事情。说他们物业公司有一个自幼患了小儿麻痹症的中年女保洁员，每次见到她，总是往旁边靠站，不吭一声，很紧张。桂花说她是怕我，怕我歧视她啊。她知道，她是个残疾人，好不容易就业，她以为我若歧视她，她的饭碗就保不住了。她在公司工作的时候，见到别人也是这么拘谨，看见别人路过，就往一边靠站，一声不吭，生怕干扰人家，生怕人家歧视她。

接下来桂花说，我懂得她的心理状况。

桂花说，于是每次见到这位女保洁工，就主动与她打招呼，问问她家里的情况，有时还送点礼物给她。她放心了，脸上有了甜蜜蜜的笑容，工作得更卖力了，很有劲头，我也高兴，放心了。最后桂花说："像她这种女员工，我不这样对待她，她的精神压力不是会更大吗？说不定她会自动辞职呢。那她自己和一家人的生活怎么办呢？所以凡是像她这种有些自卑的员工，我都很友善地对待他们，他们也就不会有什么猜疑，工作就会很欢悦，企业也就能很稳定发展了。"

桂花不但自己对员工满怀善心、爱心，她还倡导所有员工应该在企业不断前进的征途中，互相鼓励，积极参加企业各种培训班和夜校的学习，努力提升自己的政治思想境界和业务技能境界，共同创新发展。所有员工要紧密团结，拧成一股绳，互相帮助。

2018 年 1 月，桂花在接受《湖商故事》记者采访时说：

"每一个员工都应该承担起自己的社会责任，搞好相互之间的团结，与企业共同前进发展。"

2022 年 8 月 19 日上午，桂花接到流芳皇城物业部门负责人陈利娜的电话，说头一天傍晚，流芳龙城的住户家，有一位 70 多岁的老人失踪了，他是阿尔茨海默病患者，还患有糖尿病。桂花很焦急，马上通知物业部门查看视频，看看这位老人是从流芳龙城哪个门出去的，往哪个方向溜达了，同时和老人的家属保持联系。接着桂花组织物业部门的志愿者，拿着这位老人家属提供的照片，根据视频的线索，四处去寻找这位老人。但是直到第二天上午杳无消息。8 月 20 日下午，志愿者郝世来打来电话报告，他在建宁蓝盾公寓湘江风光带的一条长椅下面发现了老人——已昏迷。桂花嘱咐郝世来千万别动老人，赶快拨打 120 急救电话，请救护车赶快把老人送去医院救治。老人经过抢救，渐渐恢复了知觉，身体慢慢好起来了。老人的家属说不出有多高兴、多感激！

2022 年 8 月 22 日下午，总裁桂花在流芳集团流芳大厦 13A 层多功能会议室，主持召开了"8·19 救人事件"表彰大会。参会的有流芳皇城物业管理部门主任陈利娜、运营总监郝世来等人员。

首先，桂花依次宣读了本次事件的通报以及对参与人员的表彰通报。她赞扬本次救人事件充分体现了皇城物业的员工有责任心、有担当，并当场给参与员工颁发了激励奖金。

会上，桂花就流芳龙城的物业收费、工程维修、车位管理、业委会成立等多方面工作一一做了部署。她指出一定要从长远及大局考虑、积极努力地做好物业工作，让更多的业主逐步认可物业公司的理念和信条，坚信流芳集团诚信可靠。

本次表彰大会犹如炎炎夏日中的一场及时雨，是集团公司对物业一线员工的重视与关爱，是对物业一线员工加强团结，共同奋斗的动员，更是一次对物业公司未来工作思路的引领！

流芳集团的员工，多数是农民工，见闻较少，很想有机会到外面观光旅游、开阔眼界，也想找机会搞点文体活动放松放松。所以桂花只要有时间，每年总要组织一两次免费旅游，顺便进行一些政治思想和业务技能方面的培训，也经常组织一些文体活动。

2022年8月桂花组织的员工炎陵两天游就很成功。在那次活动中员工们既了解了炎陵这个古老城镇与中华农业生产的深厚渊源，又了解了炎陵与中国革命的密切关系，集团还顺便举行了民主生活会。

2022年9月，桂花夫妇组织员工们到江西南昌市和井冈山旅游了三天。在这次旅游活动中，员工们更深切地了解到炎陵与中国革命的密切关系，了解到炎陵丰富的红色基因，深受鼓舞，工作劲头更足了。

实践证明，企业管理是一门学问。管理企业难，女性管理企业更难。但桂花凭着她强大的韧性、博大的胸怀、长远的眼光、真切的善心，在她丈夫甄胜利的理念引领下，逐渐成功地做好了流芳集团的管理工作！

第八章　相夫

一个成功男人的背后，都有一个贤惠能干的女人。而一个成功女人的背后，都有一个强大的男人。

桂花背后强大的男人就是她的丈夫甄胜利！

有人曾探问桂花："你是流芳集团总裁，你的先生是董事长。在集团下属的公司，你是董事长，而你先生是总裁。你们生活那么幸福美好，你们的事业那么蓬勃兴旺，那么在生活中、事业上，以谁为主呀？"

桂花爽朗地回答道："我和丈夫甄胜利是人生

的伴侣，不存在以谁为主的问题。只要是事业上需要的，只要是生活中应该做的，我们都会互相配合，全力以赴，没有确定的主角或配角。"

桂花和丈夫甄胜利都有各自的性格特点、专业特长、历练征程。

2011年10月20日，建宁网记者周圆、建宁网讯记者刘春华在《访问裕湘经世置业有限公司董事长甄胜利》一文中，向社会介绍甄胜利的性格特点时，说："甄胜利自幼受父亲熏陶，研习太极拳，曾获燕都市海淀区太极拳比赛冠军和燕都市太极拳比赛冠军，成为国家级武术教练、裁判员。他说，'太极之精髓为刚柔并济，张弛有度，衍生和谐。长习太极拳，不仅使我强身健体，更让我心境平和，悟出和谐共生，和睦共荣的道理。一个企业，只有以太极的博大、柔忍来经营，方能脱颖而出，技压群雄'。"

2014年4月20日记者程佩在《好楼盘炼成三部曲》一文中，向社会报道甄胜利的历练征程，说："他来自河北张北县一个太极教练家庭。从小受父辈耳濡目染的影响，一直习练太极拳，即便功成名就，事务缠身，每天也会抽出时间打太极拳。以下便是他的简历：1983年从部队退伍，进入燕都城建集团。技术员、栋号长、青年突击队长、从项目经理到公司经理，都曾留下他坚实的足迹；1996年，他考入燕都金融学院，攻读企业管理，获硕士学位；2000年至2006年，他参与燕都兰德华庭小区的开发建设。开发面积达30万平方米，其中商业面积3万平方米，住宅面积27万平方米……2006年，他偕裕湘建宁籍妻子从燕都回到建宁，创办流芳集团，正式进军建宁房地产市场。2011年，流芳皇城开盘。2012年11月，流芳皇城获得2011—2012年度'广厦奖'。作为全省仅有3家荣获此殊荣楼盘之一的开发商，他说，'我并不感到意外'。他，就是裕湘流芳置业董事长甄胜利，流芳皇城的缔造者。"

　　从记者们以上的介绍和报道可以看出，桂花的丈夫甄胜利的性格特点是"和谐共生，和睦共荣"。这对建立美满幸福家庭是至关重要的一点。

2018 年 1 月 3 日蒋雨薇、夏雨菲在《湘商故事》《女人如茶 历久弥香》一文中评说桂花的性格，说："幸福的家庭大同小异，不幸福的家庭却各有各的不幸。同理，无论是人还是家庭，幸福的背后都是感情的不断维持，彼此之间的共同成长。桂花是抓住了机遇。天时地利人和眷顾的必然是有准备的人。她和梦想中的自己早就打好了招呼。"

人们一般都是从共性与个性的关系，来理解"幸福的家庭大同小异，不幸福的家庭却各有各的不幸"这句话的。作者引用这两句话，是说明桂花深通"幸福家庭的背后都是感情的不断维持，彼此之间的共同成长"，她牢牢地把握了幸福家庭共性的哲理，所以把家庭建立得幸福美满。其实桂花建立幸福美满家庭的诀窍，就是中国那句老话："求同存异！"一对夫妇，只要尊重对方与自己不同的方面，维护保存对方与自己相同的方面，就能建立一个幸福美满的家庭！这是桂花智慧的表现，是她勤于学习、善于学习的结果！

有两件事给我留下很深的印象。

第八章　相夫

　　第一件事是 2009 年 9 月 20 日堂嫂恺寅去世，堂兄树荣在攸州县城住所办丧礼。桂花与她的三个姐妹专门负责在家接待来吊唁的宾客。而桂花的丈夫甄胜利与堂兄树荣的亲属专门负责采购丧葬用品，一刻也不停歇。他进进出出，不吭一声，一副极为悲伤的模样。那时我们还没见过面，他不认识我，我也不认识他。他没主动向我打过招呼，我也没有主动问过他是谁。直到人们用卡车将堂嫂恺寅的棺木，运送回祖籍荷叶塘南侧山坡的墓地安葬那天，看见他和桂花四姐妹一起跪在堂嫂恺寅的墓碑前祭奠，我才得知他是桂花的丈夫。

　　第二件事是 2021 年暑假，桂花两口子接我们老两口从星城，到他们建宁市流芳龙城住宅做客。这次是甄胜利做主角，热诚亲切，以他的精湛厨艺为我们做午餐，忙得不亦乐乎。

　　那时他们的次子自豪在燕都上高中，回在建宁市的家住，准备参加 2022 年的燕都高考。甄胜利高高兴兴地陪伴我们吃了一阵子午餐后，就忙着驾车送次子自豪学习去了。桂花继续陪着我们老两口吃饭聊天。晚上我们老两口回星城时，甄胜利不忘派车将我们老两口送回家。第二天上午，甄胜利打电话来，问我们回家时一路是否安好，一再嘱咐我们要多多保重。

甄胜利虽然被宠为"建宁女婿"，但是桂花并不愿意甄胜利忘记自己的父母。她时常陪伴甄胜利回河北张北县老家看望公婆。公公婆婆也非常心疼这个"裕湘儿媳"，常常对人夸他们这个"裕湘儿媳"。

桂花两口子当然也会有矛盾的时候，但因为他们有"和谐共生，和睦共荣"与"幸福的背后都是感情的不断维持，彼此之间共同成长"的共性，所以当有了矛盾，个性就被共性消除了，矛盾也容易地解决了。

甄胜利的特长：建筑设计、质量检测、人员组织、机构管控。

桂花的特长：接待宣传、沟通交流、营运推销、开拓提升。

桂花与甄胜利两口子在家庭生活中是优势互

补；在事业的创新发展上，也是相得益彰、如鱼得水。

2011年10月20日建宁网记者周圆和建宁网讯建宁晚报记者刘春华在专访甄胜利《我的"京都"情节》一文中报道说：

"来建宁市以前，甄胜利一直在燕都创业，久居皇城，见闻多了，'京都'情愫在他心里慢慢生根发芽。机缘巧合，2006年，他带领着自己的团队，扎根在湘江东岸的凤山脚下，流芳皇城便成为流芳置业在建宁市开发的第一个楼盘。

"工程出身的甄胜利，满怀着理想，在风云际会的地产行业拼搏打拼。在他的精心耕耘下，流芳皇城凭借其高起点、原生态、金品质、新科技等绝佳优势，成为建宁人口口相传的宜居楼盘，成为建宁市楼市中的一枝独秀。而'建宁市十佳绿色楼盘'以及国家建设部住宅产业促进中心授予的'中国房地产标杆楼盘'等殊荣，正是对这些成绩最好的肯定与证明。

"流芳皇城项目位于建宁市建设南路曲尺路口。

栖山而建，西临湘江，内拥近4万平方米原生态半山公园，南面枫溪生态新城近150万平方米原生山林。项目总建设面积17万平方米，容积率3.0，建筑密度25.3%，绿地率高达45%。甄胜利说'一个楼盘就好比一个人，是有生命的。只有做精、做完善、做到位，才能拿出手，才能赢得市民的青睐'。建宁市楼市群雄并起，可谓瞬息万变，而流芳皇城在甄胜利的经营领导下，建成的一件精心雕琢的建筑艺术品，即便在今天看来，无论是其经营理念还是项目特色，均不亚于众多新兴地产。

"今年7月1日，流芳皇城二期08号公馆临江豪宅盛大开盘，均价虽高达6000元／平方米，仅开盘当天，就热销85％以上，流芳皇城的号召力可见一斑。据悉，流芳皇城现正加推20套二期保留房源，喜迎八方来客。"

2014年建宁市楼盘网发布消息说：为迎接建宁市工商联成立60周年，充分展示我市工商联非公有制经济人士和各商会为建宁经济发展做出的卓越贡献，我市工商联表彰了一批"光彩之星""优秀会员"和"优秀商户"。其中，裕湘流芳置业有限公司董事长贾圣礼荣获"光彩之星"称号。

2015年10月16日建宁晚报记者李军在专访甄胜利《建宁未来楼市十年有波动，但稳中有升》一文中报道说：

"甄胜利说，在他的设想中，在建宁市做好三个楼盘就'金盆洗手'。这三个楼盘是'流芳皇城''流芳龙城'，以及'流芳玉城'，它们分别在芦淞区、天元区、荷塘区，不仅呈金三角的稳固结构，也融入了甄胜利对传统文化的一些理念。

"'我不是把楼盘当产品来做，他是我的作品，甚至可以说是我的孩子。我要用心将生命理念融入作品'。甄胜利说，在他看来，一方水土有其特殊的气质，需要建造相宜的居所。他认为楼房不应该是钢筋水泥构建而成的冰冷房屋，而应该是充满着人性与生活乐趣的地方。为了达到这个目标，作为董事长的他会在楼房建造的每个环节亲力亲为，力图使业主在入住之后感受到他用心考虑到的每个细节。"

第九章　教子

2022年，桂花已是知天命年岁，家庭幸福美满。他们夫妇配合融洽，事业有成，如日东升。两个儿子，健康成长，力求上进。

有记者曾采访桂花，问她："你是如何教子的？如何对待两个儿子关于人生选择的？"

桂花回答说：

"20世纪90年代，我和丈夫甄胜利是美国侨民。1995年，我25岁，和丈夫甄胜利带着长子自维在美国侨居了几年后，一方面太思念祖国，太思念老家的父老乡亲；另一方面我们夫妇深深感觉到了当时祖国改革发展的大好形势，深深感觉到在祖国更利于我们干事业，于是决定回国发展。当我和丈夫征询儿子自维的意见时，他表示要独自在美国留学，身为母亲的我、感觉自己身体的一部分被分割出去了。但是当我看到他坚定的眼神时，我们夫妇选择了尊重孩子的想法。

"那是因为我和丈夫甄胜利侨居美国之前，在国内已打拼几年，侨居美国之后又打拼了几年，虽不是很富有，但生活条件还是比较优裕的。在美国居住生活方式和居住环境，肯定没有在国内优越。儿子自维如果跟随我们夫妇回归祖国，生活一定会比在美国过得舒适。看到他那样坚定要留居美国学习的目光，我明白他并不是贪图留恋美国的生活，而是认为留在美国学习会更好些，将来能做一个对祖国更有用的人。儿子自维当时就表示了将来在美国大学毕业后，一定按时回祖国创业发展，为祖国争做贡献，于是我们夫妇赞同了孩子的选择。

"我知道孩子现在就在选择他的人生，他是有权利选择自己的人生的。借用古话便是'海阔凭鱼跃，天高任鸟飞'。与其把他当作一个需要一直被照顾的孩子，不如让他自行决定，并为任何结果承担后果。"

也许正是因为这份豁达和包容，才让她的笑声里总带着令人钦敬的从容与豪爽。

2000年一个阳光明媚的天气，桂花夫妇带着他们的两个儿子，瞻仰了祖籍笔增村里的烈士纪念塔。然后，又长途跋涉，翻山越岭，来到外公外婆的村里，在一处深山坡，与两个儿子在墓碑前祭奠了外公外婆。再接着，在外公外婆村子里瞻仰了红军烈士纪念塔。此项活动结束时，桂花语重心长地对两个儿子说："要努力向革命先辈们学习，传承红色基因。任何时候都不能忘记自己是中国人，任何时候都要忠诚地履行宪法和法律对归侨和侨眷所规定的各项义务。要多为人民，为祖国做贡献！"

良好的家庭，对子女而言，是坚强的后盾，更是良好品行的源泉，力量的源泉。

言传身教的效果往往是，父母有什么样的性

情，儿女就会有什么样的行为。

2020年4月14日，堂兄树荣突然去世，梅花四姐妹没有什么精神准备，极度悲伤，桂花更是如此。桂花长子甄自维知道桂花是孝义女儿，他也应该做孝义儿郎。

2021年秋季的一天和2022年夏季的一天，桂花分别去炎陵县、渌口县城，参加项目签约仪式。虽然桂花有专职司机，但桂花长子甄自维担心桂花身体不适，于是亲自驾车到炎陵县、渌口县城，接桂花回家。

对此，桂花发出感叹说："我的人生，比起一味奔命的人是幸运的。只有懂得经营自己的人，才能最终跑赢。在55岁之前这宝贵的时间里，要将精力放在真正具有长远价值的事情上。沉淀自己，历练自己，打磨自己，言传身教，教育好自己的儿女。不要着急，更无须过于纠结眼下的盈亏。毕竟人生不止短短两三年。"

党的二十大召开后，桂花在群里对长子甄自维说："全程聆听了党的二十大报告，我心潮澎湃，斗志昂扬。作为一名归侨,我深感回到家乡投资建设、为发展献计出力,是责任,也是使命。我将把振奋之心,化作发展之力,为培育制造名城、建设幸福建宁市,团结更多侨心侨力,奋斗进取,不负韶华!"

甄自维即刻在群里回复他的妈妈桂花,说:"我将牢记妈妈的教导,奋力而行!我一定谦虚谨慎、艰苦奋斗,谱写新时代中国特色社会主义更加绚丽的华章。为祖国、为人民做出我应有的贡献!"

桂花的次子自豪,容貌极像其父甄胜利。桂花对他更是不遗余力地言传身教,勉励他要像他爸爸甄胜利学习,常练太极拳,打磨柔韧的性情;勉励他要勤奋学习,要多看书,不但要多读有字的书,还要多读无字书,向生活学习,吸取营养,好好成长!

桂花的次子自豪在群里发信息,对她说:

"妈妈,我知道你是担心我身体单薄。要我像爸爸学习,常练太极拳,更重要的是以此打磨柔韧性情,达到凡事都能持之以恒,行而有成。我会照你说的去做，放心吧，妈妈！

"妈妈，你说得很对！我一定抓紧大学的大好时光，勤奋学学习，争取将来为祖国，为人民做出我应有的贡献！"

桂花虽然深知子女可以拥有独立的人格，可以自行选择他的人生，但并不是可以对他们放任自流。她对两个儿子说：

"一个人生活在世，要有善良之心，要有仁义之举。这样才会受人尊重、受人支持、受人帮扶，才会有所成就。要有志气，要有韧性，要有硬性。"

她的两个儿子说：

"妈妈说得很对。我们一定照你说的去做，你放心吧！"

2022年8月，桂花的次子甄自豪顺利地考取了理想的大学。9月，桂花和她的丈夫甄胜利，一起送自豪到学校报到。看着自豪学校舒适的学生寝室、华丽的图书馆、高大的教学楼、宽阔的体育运动场、校园内繁密茂盛的花卉树木，桂花欢天喜地。她禁不住对自豪说：

"儿子，据说现在建筑最好的地方就是各个的学校。我看你的学校比哪个学校都好、都漂亮！当年我考入燕都金融学院读函授，那是一个什么样的艰苦情景啊！因为是读函授，只能在业余时学习，绝大部分时间是在夜晚勤奋攻读，所以我连燕都金融学院是个什么样子，都没看清楚过。现在祖国一派光辉灿烂的前景。你一定要不辜负这大好时光，勤奋学习，将来好为祖国做贡献！"

在桂花的认知里，陪伴并不等于给家人做一顿饭或者无时无刻地相处，而是心灵上的沟通。对儿女更应如此，要在行为上不断地加强引导他们。她始终是这么做的，不愧为一个教子有方的好母亲。

为了鼓励儿子自维和自豪有善良之心、仁义之举，桂花成立了"维豪"基金会，筹集资金1000多万元用于扶贫助学。桂花的两个儿子自维和自豪说："今后一定继承和发扬妈妈的善良之心和仁义精神，多为祖国、多为人民做好事。"

桂花在讲述两个儿子每天的问好和安慰她的事情时，眼睛里充满着慈爱的光芒。

　　看到桂花教子有方，看着桂花一家人的幸福情景，看到桂花四姐妹各家美满的情景，我想堂兄树荣夫妇一生的辛劳没白费，堂兄树荣夫妇的在天之灵如果知道这一切情况，一定会更感到欣慰。

第十章　扶贫

桂花一个从华盛回到家乡的小女孩，青春年少时外出创业，很快发展起来了，富起来了，还很有名气。她不遗余力地扶贫，因为她善良、有爱心，懂得要感恩养育了她的父老乡亲。

　　2022 年 10 月 11 日，桂花在微信朋友圈有一组"我爱我的家乡——攸州"的图片，并借一首古诗词的译文，表达了她对家乡的深情和她积极投身慈善公益事业、不遗余力扶贫的根源。

　　眼儿媚·杨柳丝丝弄轻柔

杨柳丝丝弄轻柔，烟缕织成愁。

海棠未雨，梨花先雪，一半春休。

而今往事难重省，归梦绕秦楼。

相思只在：丁香枝上，豆蔻梢头。

译文：仲春时节，杨柳丝丝在风中摆弄，无限轻柔，那烟缕中似织进了万千春愁。海棠尚未经细雨湿润，梨花却已盛开似雪，真可惜春天已过去一半。而今往事实在难以重忆，梦魂归绕你住过的闺楼。刻骨的相思如今只在，那芬芳的丁香枝上，那美丽的豆蔻梢头。

祖籍攸州仙姑岭荷叶塘的亲属，是桂花最先关注的人，最不遗余力扶助的人。

桂花的叔叔，因儿子早年遭遇车祸不幸去世，受到很大刺激，精神比较孤苦。2006年桂花从燕都返回家乡创业后，将叔叔请到建宁市，管理流芳集团的食堂，让他贴补家庭费用。如果叔叔惠荣病了，桂花会马上送他到医院诊治。

二伯宗仲的长子早年病逝，儿媳一身病痛，右眼失明。桂花从 2006 年起一直帮扶她，为她治病，有时还给她一些生活补贴，桂花的堂侄龙勇甚为感激。

以后桂花积极投身公益慈善事业，帮贫扶困的事迹很多，涉及面更广，涉及的人更多，媒体有很多报道。

2019 年 9 月 4 日记者冯晓雅在《追梦人》一文中写道：

"桂花很忙，接受采访的时候，她正与项目经理探讨下一季度的工作目标。建宁流芳龙城售楼部一层，周末慈善音乐会的布展还未撤去。进入工作状态的她气场全开，你很难相信，这样一位仍然奋斗在事业一线的女强人，已近知天命。衣装整洁、妆容得体、谈吐优雅，岁月仿佛对热心公益的她格外温柔。当时她缓缓地回答道，'善良，是最好的青春保鲜剂'。她还说道，'人生需要的是一种态度，比态度更重要的是行动'。那年春节后，桂花在朋友圈写了一句感言，'只要人人都献出一点爱，世界将变成美好的人间！'她向作者提起这句话的时候，目光变得悠远深长，显得非常坚定自信。桂花的眼中，慈悲之心和慈善行为是每一个善良而真挚人共同追求的至上目标。

"大坪村是革命老区茶陵的一个行政村，位于罗霄山脉西麓、两省（裕湘、江西）三县（茶陵、攸州、莲花）交界处。这里山高坡陡路险，交通不便，路坑坑洼洼，路面一遇到下雨下雪就变得泥泞不堪，进出村子是一件特别令人头疼的事，这也成了大坪人脱贫致富的瓶颈。如何才能让贫困村民找到脱贫致富的好门路？'要致富，先修路'。2014年，桂花决定以修路为突破口帮助大坪村的村民走出贫困。于是她拿出20多万元钱为村里修路，同时又奔走呼吁社会支持，在市人大机关、建宁市中心医院、608研究所和市红十字会等单位的支持下，筹集了近100万元改善大坪村的基础设施。2015年，把全村10余公里的道路全部硬化，实现了村乡公路对接、全村水泥路，户户相通的良好交通格局。路通了，村民的农产品走出了大山，收入也增加了。

桂花继续联合支持单位共同筹资 100 余万元，帮助大坪村建路灯、健身广场、图书阅览室等基础设施，发展农产项目，开发旅游文化，全力改善村民生活条件，提升村民致富能力。目前，土人参、桑葚、杨梅等农产品种已成当地特色产业；村里的大龙旅游度假区初具规模，开发了大龙沟——龙潭瀑布线路。村内旅游基础设施初具规模，游客日益增多，对带动本地相关产业和百姓脱贫增收起了越来越重要的作用，实现了让农户在家门口致富。桂花最大的心愿是带领更多的贫困户走上致富路。正是这样执着的信念，让她的生命的价值通过现实的世界而熠熠光辉。"

这里需要特别提到一件事。

2007 年恰逢房地产行业低谷，对于一家才进入建宁市的企业来说，犹如一场生死攸关的考验。那时桂花夫妇才开始在建宁市创业，她自己也有两个孩子需要照料，但桂花顶住了重重压力，从那时起一直捐助一个在风雨飘摇家庭的女孩子金玉，把她当作自己的亲女儿，整整 15 年。2022 年金玉考上了建宁市一个名牌中学读高中。

桂花高兴地在朋友圈发送了祝福语，说：

"加油吧，金玉姑娘！争取通过努力，三年后再考上自己理想的大学。从见到你的那刻起，把你培养成一个自食其力、长大后对社会有用的人也成了我的人生目标之一。当你收到录取通知书时，我欢喜地流下了泪水……衷心地祝福你！金玉，盼望你在家人和人们的关心下继续茁壮成长！"

第十一章　助学

2016 年暑假，一位老人带着一些老师和学生，来到建宁市流芳龙城营销部办公大厅来报喜，并送上一面锦旗，上面绣着"赵桂花：爱心企业家"几个字。

2018 年 1 月 3 日记者蒋雨薇、夏雨菲在《女人如茶 历久弥香》一文中赞颂桂花，说：

"在我市所进行的各项公益事业里，在各个捐助现场，从来不缺的就是流芳集团总裁赵桂花的爱心表达，累计向社会教育界捐赠财物近千万元。

"在维持企业稳健与发展的同时，桂花积极投身慈善公益事业，时刻鞭策自己为社会多做有益的事，先后获得'裕湘省杰出创业女性''裕湘省爱心企业家'荣誉称号。"

2020年7月3日记者王珩对此事，在《情系社会，关注民生》一文中做了如下报道：

"一个偶然的机会，桂花在省会裕湘市遇到了一位80多岁的老人毛政烈。在交谈中，桂花了解到他退休前是邵阳地区武冈市栗山园村学校的校长。栗山园村学校有近百年的历史，人才辈出。该村海拔780米，属山区村，山高路险坡陡，自然条件比较恶劣，交通极为不便。全村共有建档立卡贫困户125户，446人。由于环境差和贫困，学校的老师流失。学校面临关闭，学生面临辍学。毛政烈虽年岁已高，但他怀着对小孩子、栗山园的深厚感情，仍奔跑不止，在市里、省里呼吁，希望得到重视。老人的这种精神深深地感动了桂花。扶贫必扶智，让贫困地区的孩子们接受良好教育，才能从根上阻断贫困代际传递。

"她第一时间前往栗山园村学校实地了解。当时，全校就只剩下一位校长带两位老师，在校的这两位老师也打算走了。当桂花了解到这个情况后，当场就捐给学校 10 万块钱现金，奖学助教，把老师先留下来。接下来又投入 30 多万元建设了学校大门、运动场、体育健身设施、游乐设施、图书室等基础设施。为了学生们的卫生健康，桂花联合省妇联爱尚基金投入 20 多万元将原来的旱厕改成了水厕，重建了学校食堂。为了解决学校的困难，创造良好的教育环境，桂花一趟又一趟地从建宁市往学校跑。

"有一次快到春节了，她去学校看望老师们，回建宁市的路上，遇上了塞车，走了 16 个多小时，艰险又艰苦，开车的司机累得腿都发抖。"

2019 年 9 月 4 日记者冯晓雅在《追梦人》一文中赞扬建宁市流芳集团总裁赵桂花：

"她重走革命之路，来到茶陵县桃坑学校，孩子们开心的笑脸，乡亲们热切的目光，扫去她旅途中一身的疲惫。她目光变得悠远深长地说：'桃坑镇是一个洼地，桃坑中学就建在坑坑洼洼的泥地上。晴天一身灰，雨天一身泥，是镇里最真实的写照。没有太多经济来源，镇上但凡有点劳动力的成年人都出去工作了。桃坑学校的孩子几乎都是留守儿童。距离县城非常远，交通不便，当时镇上主要的交通方式就是乘船。

"我们常说，'只要人人都献出一点爱，世界将变成美好的人间！'看到桃坑中学孩子们这种困难学习的情景，我怎能不尽力相助呢？这是桂花在今年春节后，写在朋友圈的一段感言。

"2012年，桂花第一次带队走进桃坑镇，为桃坑学校捐赠了电脑，想为这些'与世隔绝'又缺失陪伴的孩子打开一扇了解世界的窗口。

"在往后的日子里，桂花时不时会想，我还能为这些孩子们做点什么呢？2018年11月22日，桂花再次回访桃坑学校，发现昔日破破烂烂的校舍已经大变样了！干净整洁的教学楼在阳光下尽显青春活力，更值得一提的是，学校还用上了不少现代化的教学教具。桂花补充道，'这一次，我们为桃坑学校的孩子们带来了小恩智能陪伴机器人'。

"桂花对记者再次说到栗山小学的情景，'一个偶然机会，听朋友介绍，在邵阳地区武冈市栗山的一个贫困山村，一位80多岁的老人毛政烈为了村里唯一的学校能继续办下去四处奔波筹款'。听闻此事，她忍不住泪目，当机立断，去栗山见这位老人。土砖搭建的房子，四处漏风的墙壁。一到下雨天，屋外下大雨，屋里落小雨。木质的桌椅板凳不是'缺胳膊少腿'，便是摇摇欲坠。这便是栗山村小学给桂花的第一印象。'最难的是，位置偏僻，条件艰苦，留不住老师哪……'桂花说，当时的情况是整所学校仅有2位老师61名孩子，低年级、高年级的孩子合班教学，老师身兼数职。2017年7月10日，桂花带着她的队伍走进武冈市大甸镇栗山学校，握着那位八旬老人的手感叹道：'您放心，我们一定尽力给孩子们最好的教育！'

"栗山学校具有百年历史，培育了很多人才，也是这偏远地区孩子们梦想起航的地方。'第一次我们给这个学校送了书包和慰问现金'。渐渐地，在桂花的带领下，越来越多的慈善人士知道了栗山学校的处境，他们也纷纷伸出了援助之手。'目前我们已经得到了200多万的募捐基金，包括栗山学校在内的周边四个学校也渐渐得到改善'。桂花指着手机里栗山学校新修的校舍照片，开心地对记者说，'你看，是不是大变样了？'

"所以有了前面2016年暑假，毛政烈老人特来建宁市流芳龙城营销部办公大厅来报喜，送上锦旗的故事。

"2018年，流芳集团为'稻花香读书'会公益项目捐赠了10万元，提供给山区留守儿童200多台小恩机器人，捐赠助学善款40多万。'今年我们计划用100万来帮助妇女儿童，第一个项目就在六一儿童节开展'。在桂花的眼中，慈善之心和慈善行为是每一个善良而真挚的人共同追求的人生至上目标。"

2022年，桂花在微信朋友圈发了对她整整资助了15年、名叫金玉的姑娘如愿考上了市内名牌中学的祝福。后来有人询问她，为什么这样无私地资助这个小姑娘。桂花讲了下面这么一段话，很感人：

"人在困难时候，都希望得到他人的帮助。我们四姐妹在求学读书的时候，得到很多人的关心和帮助，我一直是深深感谢的。一个有良心的企业家应该有高度的社会责任心，应该对社会上那些家庭还比较困苦的孩子多关爱。我现在虽然不是很富有，但比那些生活暂时还困苦的孩子，却好得多，我资助他们是应该的，是我对老家父老乡亲的感恩，是我对我们这个大好时代的感恩！看到金玉这个小女孩成长起来了，她很争气，我真高兴，所以我衷心地祝福她！"

桂花的这段话语，被人们传为美谈。

她的这段肺腑之言，令人感动。桂花的话语和行动，深深地使人们感到，武冈地区那位80多岁的老教育工作者，不辞劳苦，带领一些师生来到建宁市给她送上一面"爱心企业家"的锦旗，完全是情理之中的事情！

第十二章　开拓

桂花不愧为有眼光、有忧患意识的女企业家。她逐渐敏锐地感觉到房地产的危机：城市中心和闹区楼盘过多过密，销售不出，不宜在这些地区大搞房地产了。

从 2019 年起，桂花开始把目光投向新的领域。当年 3 月 5 日陶瓷信息讯报道：

"裕湘流芳置业有限公司董事长桂花女士、意大利 AGA 伊加瓷砖建宁经销商田总一行十多人，莅临位于广东佛山市华夏陶瓷博览城的意大利 AGA 伊加瓷砖营销中心考察。中意双方人士对陶瓷文化交流了看法，投资意向，达成了初步的协约。

"6月29日，渌口区举行渌口区人民政府、裕湘流芳集团'流芳文创部落项目'举行补充协议签约仪式。区委常委、宣传部部长杨慧，裕湘流芳集团总经理赵桂花出席活动。

"'流芳文创部落'是乡村振兴文旅项目。以历史文化、书院文化及集团文化为背景，延展乡村振兴、学生教育、亲子活动和康养事业等内容为主。裕湘流芳集团已于3月19日与区人民政府签订《流芳文创部落项目招商合作协议书》。

"赵桂花表示，本次合作对于加快提升渌口区城市功能品质、推动文旅产业发展，具有重要的现实意义和强劲的带动效应。希望在项目推进过程中加强沟通交流，加快落实进度，力争项目早开工、早建成。

"杨慧表示，面对巨大的消费需求、有利的宏观政策及良好的发展环境，文化和旅游业正赶上社会投资最好的时机。渌口区有着最美的资源，将以最真诚的合作、最优秀的服务支持项目建设，全力以赴促推项目早开工、早建设、早达效，确保项目有最好的前景。区领导张俊、肖金龙参加签约仪式。"

桂花还与丈夫甄胜利和长子共同制订企业下一个15年创新发展的规划，商讨如何实现丈夫甄胜利的第三个心愿，把流芳集团的流芳玉城建造得更璀璨辉煌，为建宁市打造更有名的房产名牌。

桂花以实际行动响应"民族要复兴，乡村必振兴"，极力帮助乡村企业开拓发展。攸州民星村是一个脱贫村。为了拓宽企业创新发展的门路，桂花与攸州民星村签订了振兴发展协约。帮助该村修建水利工程，养殖场，禽肉加工厂，瓜果种植场，旅游景点。为了高质量完成协约，桂花带着长子自维小两口，多次到民星村勘察，与村民们商讨，制订方案，拿出措施。有时还住宿在该村，几天不回家。振兴的方案和措施，村民们一次不够满意，就来第二次，第三次，如此反复多次，最终取得了村民们的认可，并交出了令人满意的工程。

桂花飘香

2022 年 10 月 20 日，《建宁日报》刊载了记者张威对该市制定《农村居民住房建设规划审批指南》文件的报道。

乡村振兴，房产先行。桂花看准了建宁市这份文件给房产商家带来的大好机遇，迅速带领流芳集团的团队，到各建宁地区各乡村考察，签订了不少修缮老旧房屋和建造新房屋的协约。给流芳集团带来极大的生机。

桂花还以实际行动，开拓企业发展的门路。与星城一样，建宁市的河东是老城区，都是一些陈旧落后的房舍，没有什么景观可欣赏。于是桂花主动找到建宁市城建委签订协约，低价格争取到了为建宁市河东修建园林景观。桂花的丈夫甄胜利负责描绘图样。建宁市河东可建造园林景观的地方，有两三百处，每个地方他们一家人都去实地勘察。建宁市莲花塘一带，原来对环境有污染性的工厂，多数破烂不堪，桂花一家人每次去勘察，都弄得衣服和脸面污秽不堪，反反复复要去勘察好多次。河东一些园林景观首先建造起来后，终于得到了市民们和建宁市城建委的认可。

桂花开拓创新的门路，还寻找到建宁市之外去了，那就是裕湘的雁城。裕湘雁城的河东河西都是老城区，都是一些陈旧落后的房舍，没有什么景观可欣赏。同样桂花主动找到雁城的城建委签订协约，以优惠价格争取到了在雁城河东河西都修建园林景观的项目，同样得到雁城市民和城建委的认可和称赞。

为响应快乐老年和快乐儿童的理念，桂花积极为商家建造城乡养老院和托儿所。城市和乡村对养老院和托儿所，有不同的要求，要因地制宜。每个地方桂花一家人都要去实地勘察，反复多次。仍然是桂花的丈夫甄胜利负责描绘图样。甄胜利往往忙到深夜还没睡，桂花就为他冲茶陪伴着。仍然往往要多次拿出方案，拿出措施与商家商讨，才能得到他们的认可。但能为企业找到开拓发展的新门路，桂花总是感到很高兴。

建宁市的工厂和大专院校宿舍都是一些8层楼以下的老旧宿舍。为了实现快乐老年人居住环境，政府早就倡导为这些老旧宿舍安装电梯，并表明政府将有专用财政资金补贴。但由于有些单位上下楼的业主有分歧，始终开展不起来。桂花看准了这个开发项目，广泛宣传对这些老旧宿舍安装电梯的作用和必要性，广泛宣传政府对安装电梯的财政补贴，尽量化解上下楼业主对安装电梯的分歧，以优惠价格，精良设计，争取到了为这些宿舍安装电梯的项目，获得建宁市民和城建委的认可和称赞。她用同样的方式方法争取到了为星城老旧宿舍安装电梯的项目，同样获得了星城的市民和城建委认可和称赞。

为了寻找开拓前进的门路，更好地创新发展，桂花还独创一格地在流芳集团办公厅，成立项目开拓研究部。调查房产市场发展趋势，寻找可开拓创新的项目，研究开拓发展的方案和措施。设立有关技能培训班，对企业员工进行新开拓项目有关技能的培训。

作为一个企业家，桂花在创新发展的过程中，还越来越意识到，不但在创新发展项目上要开拓，在精神境界上也要开拓。要淡看生死，乐观大度。不要老是想着生和死，与人纠结。

2022年10月20日，桂花又在朋友圈发表感言，说："人活一世，花开赏花，花落赏枝。有爱则爱，无爱则待。争执无果，要学会体谅。一切都要坦然面对，懂得淡然接受。人生别较真，顺其自然最美。随遇而安最真，无欲则刚最强。大智若愚最好，宠辱不惊最佳。有时候随缘才是一个人最高的境界。有缘而来，无缘而去，世上之事就是这样。该来的自然会来，不该来的盼也无用，求也无益。有缘不推，无缘不求，来的欢迎，去的目送。一切随缘，顺其自然。人活着，圈子不要太多，容得下自己和一部分人就好；朋友不在于多少，自然随意就好。"

这些话语，充分表明了桂花努力提升个人精神境界，在精神境界上也要努力开拓的认识。

社会是发展的，时代是前进的。桂花常常对她的接班人、长子自维说，一个企业家只要思想不僵化，就能不断找到发展创新的门路。甄自维在桂花的引领下，对此也越来越深有体会。

第十三章　感言

随着时间的推移，岁月的增长，堂兄树荣的四个女儿，像雄鹰一样在广阔的天地翱翔穿梭，硕果累累。

堂兄树荣夫妇的四个女儿中，老三桂花是我最关注的一个，也是翱翔穿梭最矫健的一只雄鹰。

最近一次，我在桂花夫妇居住的处所建宁流芳皇城做客，看到小区推举了好人好事征集人，专门收集小区内好人好事的资料。小区建造了好人好事宣传墙、诗词墙、洗车棚，电动车和电动摩托车充电棚架。小区内的业主们喜笑颜开的样子，积极踊跃地参加各项文娱活动和健身运动。每个单元门口都张贴着祥和幸福的对联。有一个单元门口的对联给我的印象极其深刻："吉祥如意万事顺，富贵平安百福来。"

这一切景象和事迹都表明，流芳集团物业有限公司和小区的业主们，物质境界和精神境界都已大大提升。

于是我想问问桂花，她对生活的感悟是什么。

桂花沉思了一下，说："叔叔，我的体会是，一个人生活在世，要有善心、良心，要仁义，要有家国情怀。这样才会有更多的人扶持你，你才会有所成就，才会受人尊重。要有志气、有韧性、有硬气、有骨气。另外，要勤奋学习，要多看书阅读，既要看有字之书，还要多看无字之书，向生活学习，从生活中吸取营养。"

听了桂花的感言，我深深感慨："这个硬气而柔和的堂侄女，人生过得这么幸福光彩，不但人生这么有成就，对人生还有这么精彩的感悟，真是好样的！她始终牢记了爸爸妈妈的教导，做到了心地善良，让好的家风代代传承。我们每一个人只要能这样做，就都可以大有作为，为社会做出应有贡献！"

第十四章 新年

日月如梭，一年又一年。时间到了 2022 年春节。当年堂兄树荣从华盛带回来的四个女儿，如今都已过知天命的年岁了。

而今桂花四姐妹，年岁越大，亲情越浓厚，对亲人的思念更深切，更热切地盼望亲人的聚会。

2022 年春节，桂花两口子接我们老两口一家人和堂弟树美，即二伯宗仲的三儿子一家人，到他们流芳皇城的住所过年。

桂花家的庭院里张灯结彩，人们喜笑颜开，树木茂密，鲜花艳丽，浓浓的节日气氛。

桂花四姐妹各家的人都来了，大伯宗孟的次子惠荣一家人来了，二伯宗仲的孙子龙勇一家人也来了，桂花要她的丈夫甄胜利将她的公公婆婆也接来了。共九家人一起到桂花家过年。除夕中午桂花安排我们在建宁集团员工大食堂就餐。桂花是四姐妹中最高兴的一个。她对大姐梅花说："我梦见小时候华盛的小伙伴们，到建宁市来看望我们了。什么时候，我们也到华盛去看望那些小伙伴和叔叔阿姨们，好吗？"

梅花为难地说："我快60岁了，又有高血压病和冠心病，稍微劳累一下就犯病，恐怕去不成了！"桂花还是欢乐地说："不要紧，大姐！到时候我带好多好多哈密瓜和葡萄回来，给你吃个饱！"

梅花笑着说："有你的嘴巴甜甜的，就行啦！"

只听见从餐厅里传出四姐妹一阵又一阵咯咯的笑声。

开餐时，我建议为赵氏家族的大团聚，为幸福美好的生活，干杯！

我吟咏了当天作的一首七言古绝《故居》，以表达我对老家、对家族成员的关切：

儿孙五代荷叶塘，创业建宅赵未央。

游子情怀长相望，遥祝老小各安康。

我还对大家说，我爷爷赵未央在故居荷叶塘已传宗到第五代。他姓名中的"未央"二字，就是未尽，没有结束的意思。古人常以"未央"为名字，意思是没有灾难，平安、延年益寿等。让我们祝愿故居荷叶塘赵氏家族的后代，在这个美好新时代，永远平安，延年益寿！

午餐结束时，我对满屋的赵氏家族成员说："现在赵氏家族就算我年岁最大了。以前桂花关于人生的感言说得非常好，你们都要好好听取。

"今天我还有以下一些话想对你们说一说：我们每一个人都要爱国爱家，要有家国情怀。今后不管我们如何富有，如何生意兴隆，都要始终做遵纪守法的公民。这应该是我们赵家的族训，是我们的家风，要代代相传！"

除夕晚上，所有宾客在桂花的住所观看央视春晚的节目。大家相互打招呼问好，道吉祥安好。桂花是亲属大聚会的主角，忙得不亦乐乎。我看着这美好情景、幸福场面，深深感叹自己真幸运，年过八十岁，过上了这么一个热热闹闹的春节，看到了这么一个幸福美满亲人大团聚的场面。

接下来是儿孙们表演节目。他们有的是当即模仿央视春晚的节目，有的是即兴自创的文艺节目，都非常精彩。我深深感到他们遇到的新时代太好了，太幸福了，而他们这两代就是未来的希望，想到这一点，我更高兴，更陶醉了！

正月初三上午，两个儿子驾车送我们返回星城。一路上阳光灿烂，春风和煦，道路两旁房舍比邻，家家庭院张灯结彩，门庭满挂春联，好一派春节喜庆景象。我在心底欢呼，新的一年开始了，新时代社会主义建设正在继续向前挺进了！

后
记

之一：书堂侄女桂花

赵氏奇葩斗志昂，开拓创业善心肠。

传承红色基因谱，教子谆谆严有方。

长子次男圆梦想，艰辛困苦有担当。

桂花香溢新时代，不忘初心永向阳。

首句仄起平收式，下平声韵。

之二：四谢树上微出版诸君

不求价格成偏低，但保品质为最优。

服务升级红利厚，编排删改技能牛。

首句仄起平收式，下平声韵。

本人的第四本书中篇小说《桂花飘香》，将由北方文艺出版社与树上微出版合作出版。树上微团队主任为雷顺女士，2023 年 2 月 7 日她在微信朋友圈宣告的行业宗旨是"不追求最低的价格，但保证更高的品质。树上微出版专注出版十余年，不断调整升级服务内容，从宣传到发行，给你强大的市场群体支撑。做我的作者，给你更多出版福利"，令人敬佩，故有此作。

之三：与堂侄女桂花说唯物辩证法

堂侄女桂花 2023 年 5 月 10 日在微信朋友圈发文说："愿爱和努力继续让生活越来越美好！家庭和事业兴旺的根源是什么？应该是个人慈爱的心肠，相互之间的鼓舞和支持，永远向前看的奋进和努力！我是这么想的，也有这种体验和收获。"

2023 年 5 月 15 日我在微信朋友圈回复堂侄女桂花说："你虽然没有说是在讲哲学课，但你实际上是在运用唯物辩证法。世界上的事务，只要运用唯物辩证法去观看和处理，就会无往而不胜。家庭生活，运用唯物辩证法去观看和处理，就会幸福满满，事业经营，运用唯物辩证法去观看和处理，就会硕果满满！大学时期，我曾读文学大师郭沫若的著作。他说，'唯物辩证法，就是从本质，相互关系和发展三方面观看和处理事物'。《矛盾论》和

《实践论》对此有更精辟详尽的论述。伟人和大师的教诲，使我终生受益匪浅。希望后辈们对此也能好好领悟和实践。"

撰稿人　邹克斯